# 海を拓いた人

## 山田茂兵衛伝

竹山和昭

郁朋社

# 海を拓いた人——山田茂兵衛伝——／目次

## 第一章

## 第二章

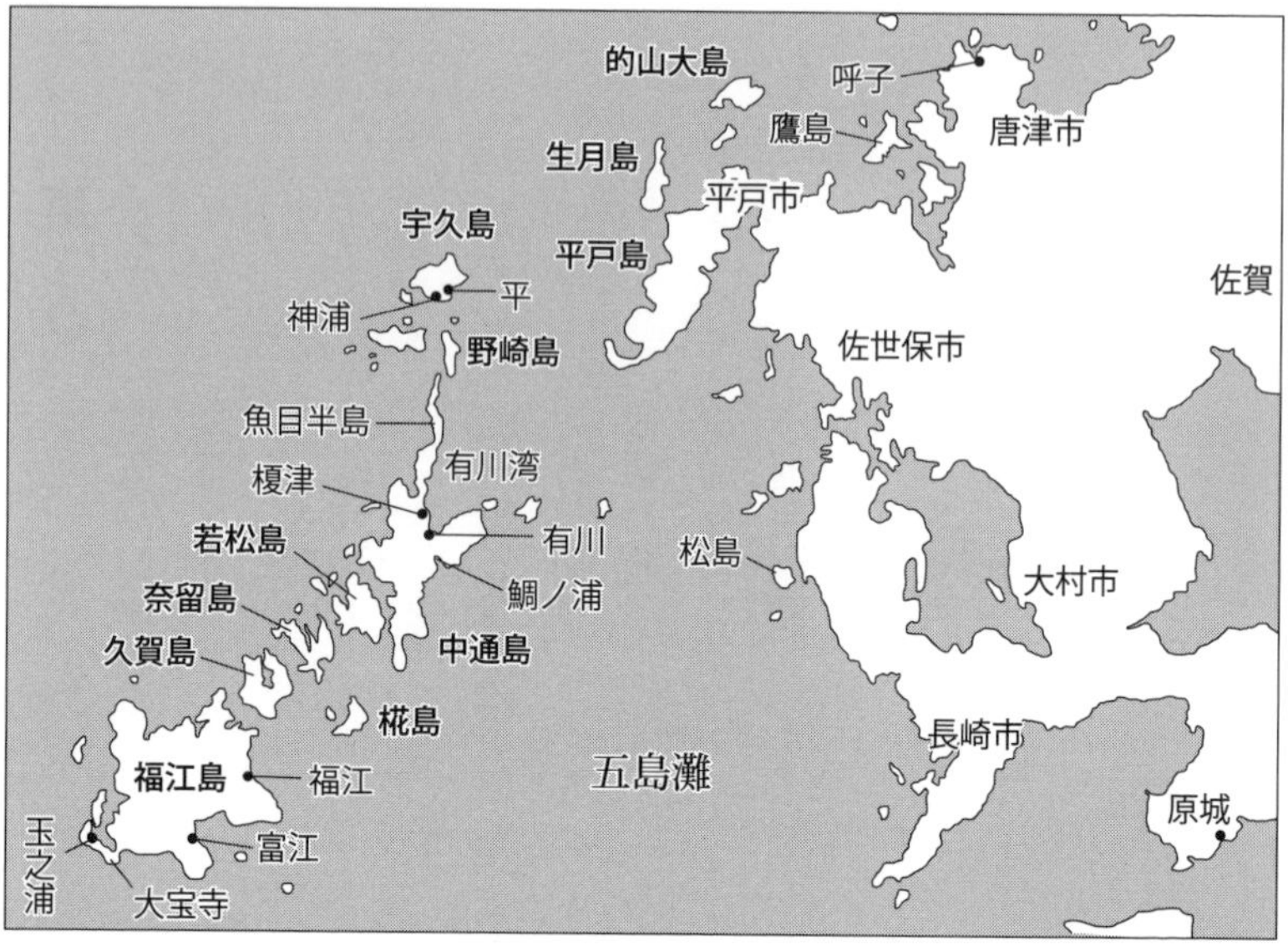
的山大島
呼子
唐津市
鷹島
生月島
平戸市
宇久島
平戸島
佐賀
神浦
平
野崎島
佐世保市
魚目半島
有川湾
榎津
有川
若松島
松島
鯛ノ浦
大村市
奈留島
中通島
久賀島
椛島
長崎市
福江島
福江
五島灘
原城
玉之浦
富江
大宝寺

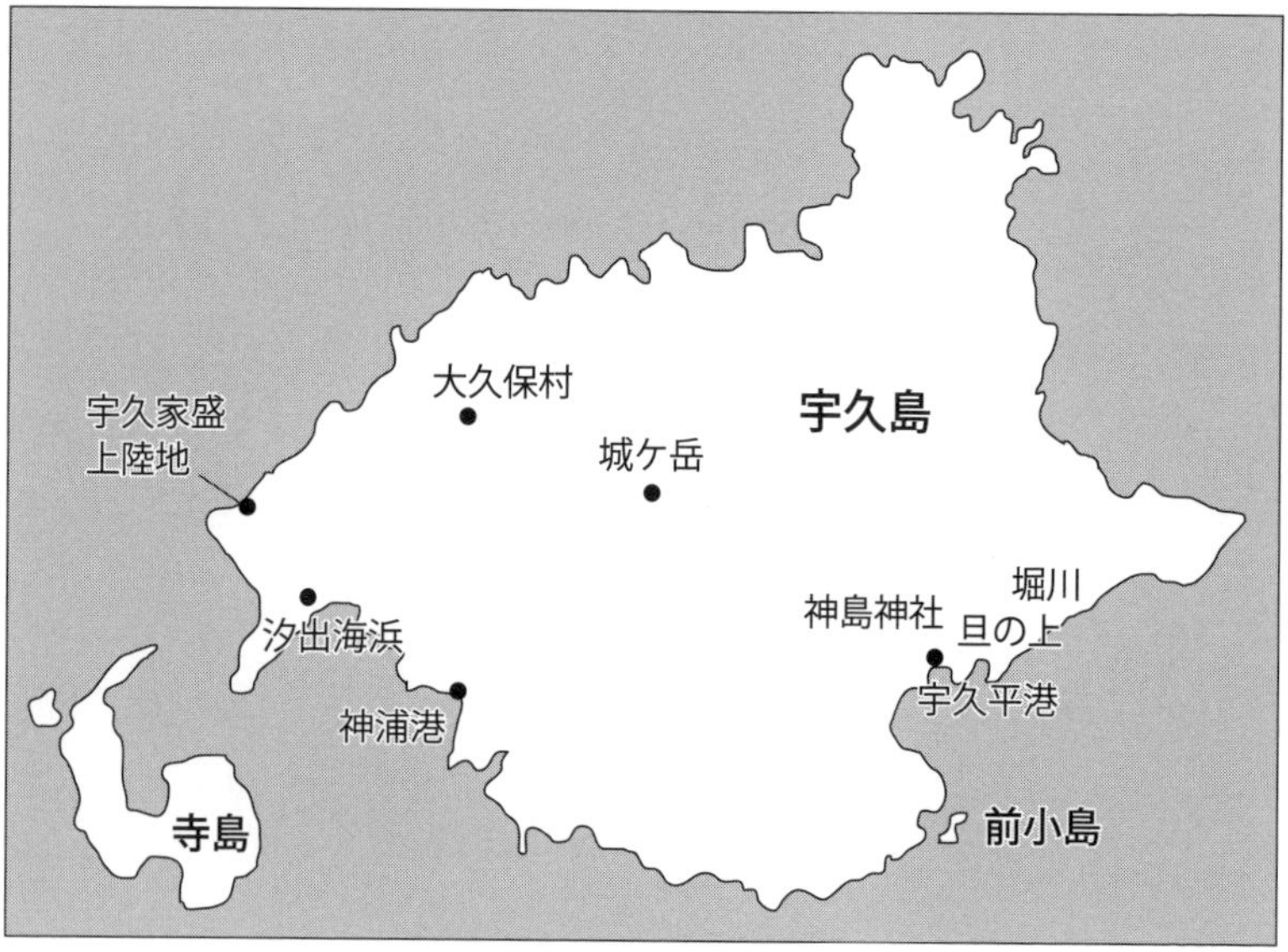
大久保村
宇久島
宇久家盛
上陸地
城ケ岳
堀川
神島神社
旦の上
汐出海浜
宇久平港
神浦港
寺島
前小島

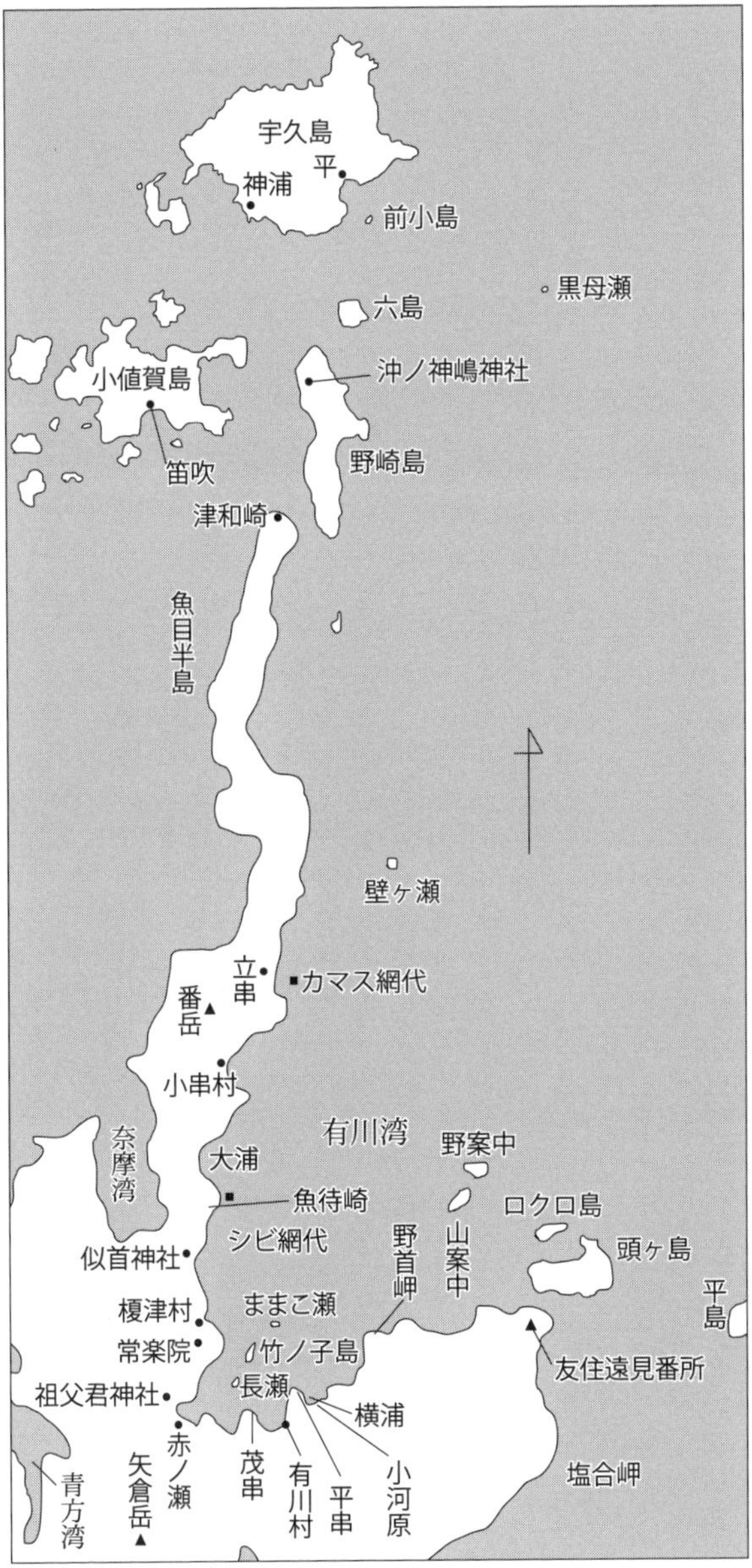
宇久島
平
神浦
前小島
黒母瀬
六島
小値賀島
沖ノ神嶋神社
笛吹
野崎島
津和崎
魚目半島
壁ヶ瀬
立串
カマス網代
番岳
小串村
有川湾
奈摩湾
大浦
野案中
魚待崎
ロクロ島
シビ網代
野首岬
山案中
頭ヶ島
似首神社
平島
榎津村
ままこ瀬
常楽院
竹ノ子島
友住遠見番所
長瀬
祖父君神社
横浦
赤ノ瀬
茂串
有川村
平串
小河原
塩合岬
矢倉岳
青方湾

有川湾とその周辺

装丁／宮田麻希

# 第一章

# 肥前呼子浦

深く入り込んだ呼子浦の港から二挺櫓の伝馬船が、朝もやに煙る波静かな湾内を左右に緩やかに上下しながら外洋を目指して櫓を進めていた。「ギィー」「ギィー」と櫓の乾いた音だけが静かな湾内に響いていた。

肥前呼子浦は古くから玄界灘の漁業基地として栄え、日本海に浮かぶ壱岐・対馬や五島などの島々に渡る中継地でもあった。港の入り口には加部島という島が横たわっている。それは玄界灘の荒波の侵入を防ぐ防波堤となっていて、いわゆる天然の良港である。加部島の北には小川島、加唐島、松島、馬渡島といった大小の島々が連なり、深い入り江の両岸には多くの民家が軒を連ねている。九州でも有数の港町らしく魚や漁具を扱う問屋なども数多く、また、船大工や鍛冶屋などの職人もいて、近在に見られない活気に満ちていた。

この地方を一躍有名にしたのは、豊臣秀吉による文禄・慶長の役といわれる二度にわたる朝鮮出兵であった。呼子浦の西へ半里（二キロメートル）先の丘陵地には五層七階建ての巨大な天守を持つ名護屋城が築かれた。あっという間に全国から百三十余の大名と有力商工業者が集められ城下町が出現した。二十万人ともいわれる兵力がこの地域に集結したことより、呼子周辺の浦々は戦船《いくさふね》の旗指物で覆われたのである。しかし、この出兵は当初から無理があり、結果として六年に及ぶ海外出兵は国力を著しく疲弊させたため、秀吉の死とともにあえなく潰えてしまった。

長崎県の東シナ海沿岸から福岡県の玄界灘に至る沖合の対馬海峡付近を「西海《さいかい》」と呼んでいる。西海とは、西海道の海、つまり九州の海ということである。

昨夜来の雨も上がり、伝馬の舳先《へさき》に座った浪人風の若侍と従者の前髪姿の若侍二人はじーっと前方を見つめて身動きひとつしない。二人はひと月前の寛永十三年（一六三六）に国許の薩摩を出てから、今日までの日々に思いを巡らせていた。

薩摩の国、伊集院を出たのが残暑厳しい八月十日だった。薩摩街道の山なりの険しい道をひたすら西に向かった。夕方には入来浜という小さな漁師町に辿り着いた。そこで初ての宿をとり、翌日には延々と続く吹上浜の海岸沿いの街道を漁師町で名高い串木野を目指した。長崎鼻というところまで行くと目の前に甑島《こしきじま》が横たわっていた。その甑島の北西の彼方に肥前の国野母崎半島が遠くかすんで見えた。串木野宿から阿久根宿に入り、さらに北へ進むと国境《くにざかい》の出水宿である。薩摩と肥後の境にある野間の関所を抜けるといよいよ肥後の国である。野間の関では薩摩独特の厳しい検問や人別が行われた。薩摩には人をもって城とする外城制度（郷士制度）という独特の制度があり、他国の人はまず立ち入れない厳しい鎖国政策が敷かれていた。そうした厳しい出国制限の中で国許を出国できたのは密かに藩庁から発行してもらった通行手形があったからであった。関所を通過すると厳しい峠道が続いた。その峠を越えてしばらくすると八代の城下に出た。二人は知らない他国にいることの緊張から急ぎ足で八代、宇土の街並みを通り過ぎて、熊本城下で旅の骨休めをしたときは八月も半ばを過ぎようとしていた。熊本は九州でも有数の繁華な街で細川五十四万石の大藩である。加藤清正の築城で名高い熊本城も、二代忠広が寛永九年（一六三二）には駿河大納言（松平忠長、家康の孫）事件に連座して改易となったことにより、同年、豊前小倉から細川忠利が入封し、新たに五十四万石の朱印を得たばかりであった。このため、城下はいたるところで大量の家臣や領民の移住で普請工事が行われていて活気に満ちていた。物見遊山を兼ねて名所旧跡を巡るとこれまでの旅の疲れも癒えた。二三日で旅の疲れを癒すと左に有明の海を見ながら佐賀の城下を目指した。街道の両脇には稲穂の緑がどこまでも続いた。途中の茶店での何気ない談話や旅人の会話から、対岸の島原や天草あたりのキリシタン農民に対して過酷な年貢取り立てが行われて、キリシタン大名であった旧小西家や有馬家残党による不穏な空気が広がってきていることが知れた。とりわけ島原の領主である松倉重政・勝家と親子二代にわたるキリシタン弾圧はすざまじく、豊後府内藩主で長崎奉行であった竹中重義に勧めて雲仙地獄での拷問を始めた。年貢を納められない領民や改宗を拒んだキリシタンに対して雲仙岳の熱湯での拷問や処刑が行われているとの噂を何度となく聞いた。

幕府の草創期には、加藤家の改易に見られるように些細な事でも徳川に歯向かう大名は容赦なく取り潰された。そのため、世の中には主を離れた牢人者で満ち溢れていた。特に、慶長十七年（一六一二）幕府が発したキリシタン禁令は徹底しており、全国の教会は破壊され、聖職者は日本国内から追放された。肥前地方や天草一帯にはそのキリシタン信徒が多い地域であった。キリシタンを見つけると懸賞金が与えられる訴人制度や向こう三軒両隣の五人組制度さらには毎年の宗門改めや踏絵などが導入された。国民は生まれると必ずどこかの寺の檀家（信者）でなければならなくなり、死人が出てもその寺のお坊さんから経をあげてもらい、墓石にも戒名を刻むことを求められた。人々は旅行や移住の自由さえ厳しく制限され、個人と個人が密告しあう相互監視社会となった。

そうした閉塞した時代の空気の中を、筑紫平野の中にまっすぐに延びる街道をひたすら旅を続けた。何事もなく大牟田の三池藩、立花十万九千石の柳川藩と旅を続け、暴れ川で名高い筑後川の大河を渡るあたりからは広大な佐賀平野が延々と広がり、黄金色の稲穂を実らせた稲田が水路を隔ててどこまでも続いていた。二人は長崎街道を西に向けて佐賀城下を目指した。佐賀鍋島は三十五万七千石の大藩で、城下は上級武士の拝領屋敷が整然と配置され、町人や職人が住む町屋とは厳格に区割りされていた。元の竜造寺氏の城跡に新たに城郭を建設したばかりで、真新しい佐賀城の威容が目に入った。いたるところに水路が巡らされ、有明海と水運で結ばれていた。城下を抜けて西北に位置する支藩小城《おぎ》藩七万三千石の城下町を過ぎるあたりからは小高い山々が幾重にも重なり合い、それまでの平坦な地形が様変わりしてきた。唐津街道を北上し、昼前には寺沢家十二万三千石の唐津城下に入った。街道沿いの旅宿に荷を預けて、城下の見聞を兼ねて散策に出かけた。松浦川が唐津湾に注ぐ河口の左岸の満島山に築かれたのが唐津城である。城はその掘割が海に面した海城で名高い。唐津は筑前と肥前を結ぶ交通の要所であることもさることながら、長崎に近い地理的な条件から長崎見回役も兼ねており多くの商家が軒を連ねて大層繁華な城下町であった。反面、キリシタン宗徒の多い天草諸島の領地四万石も抱えており、その領地経営に忙殺されていた。

宿の番頭から目的地の五島に渡る方法やどこの船宿に頼んだらよいか、さらには二人分の船賃など思い当たることを聞いた。とにかく、呼子に行けば何軒かの船宿があるとのことで、二三の船宿の紹介をしてもらい、翌日の朝早くには呼子を目指して宿を出た。

年かさの浪人風の若侍の名は「伊集院茂兵衛《もへい》」といい、慶長十六年（一六一一）生まれの二十六歳の若者で、いかにも薩摩武士らしく長い両刀を手挟んでいた。背は高く見るからに鍛えられた立派な骨格をしていた。笠の下から見える表情からは鋭い眼つきに濃い髭が顔一面を覆った薩摩人によくある彫りの深い顔立ちをしていた。一方の従者である前髪姿の少年の名を「伊集院真輔《しんすけ》」といった。まだ、元服前の十四歳の少年で茂兵衛の肩ぐらいまでしかない背格好であった。背中には二人り分の荷物が入った大きな頭陀袋を背負っていた。まだ、前髪を残しあどけない少年の面影を残していた。

「真輔どん。やっと呼子の近くまで来たばい」

「はい。薩摩を出て早半月近くが経ち申《も》んそ」

「この分では昼前には呼子に着きもんそ。そこで唐津の旅宿で紹介して貰った船宿を今日のうちに尋ねてみようかのう」

茂兵衛は長かった旅を振り返るとともに若年の真輔を労わるようなしみじみとした口調で言った。

二人は呼子湾の奥まった愛宕神社近くの「小川島」という小さな船宿に投宿した。そこは呼子の町の最も繁華な場所で何軒かの料理屋や雑貨屋などが軒を連ねていた。

二日ばかりその船宿で旅の疲れを癒しながら、最終目的地の五島宇久島に渡る船と船頭を雇った。

「旦那。今日はえらい靄《もや》ですばい。十間（十八メートル）先も分からん。こん靄が出る日はよか天気になるけん、よか船出ですたい」

この時期の玄界灘は北風が吹き始め、日中の外気温の差が激しく、港の入り口が狭い呼子湾は決まって靄に覆われることが多いのである。

船頭の源蔵は相方のもう一人の櫓漕ぎの又造と客の茂兵衛に向かって声をかけたが、茂兵衛は相変わらず何も言わずに黙って霧の中に陽炎のように浮かぶ島々を見つめていた。

二人を乗せた二挺櫓の伝馬船はやがて加部島の田島神社の大鳥居の前を西に舵を切った。

それから名護屋浦の突端である波戸岬の岸をさらに西に向かった。目の前には広々とした玄界灘の大海原が広がっていた。北西の方向に馬渡島が見えていた。伝馬船はその昔元寇の主戦場であった鷹島の沖を通って、北に的山《あづち》大島と渡島を見て進んだ。呼子浦を出て二刻（四時間）近く経過する頃には、生月島と平戸島を隔てる狭い海峡に入った。その海峡を抜けると五島灘である。

二人の乗る伝馬船は、生月《いきつき》島を過ぎると平戸島の西岸をゆっくりと南下しながら途中から舵を西に向けた。

「旦那。遠くにかすんで見えてきた島が目指す宇久島ですばい。これから先は外海《そとうみ》になり波が高くなりますんで、しっかり船べりば掴《つか》んじょってくだせい。このあたりからですと

「宇久島まではちょうど五里（二十キロメートル）程の距離です」

茂兵衛は改めて舳先に座り直し、遠くに浮かぶ宇久島の島影を見た。一見すると全体が平べったい感じの大きな島である。島の中央にある小高い山がぽつんと見えていた。

「旦那。島の真ん中に見える小高い山が城ヶ岳と言って、宇久島の目印みたいなもんです。このあたりの海は潮の流れが速く、秋から冬にかけて北の方から勇魚《いさな》（鯨）の群れが通る道ですばい。生月島や平戸の東海岸から五島の中通島の東を南下して南の暖かい海で子育てを終えた勇魚は、再び春から夏にかけて北の海に向かって餌を求めて帰ります。それは大きいものでは十五間（二十七メートル）もあります。勇魚は人と同じで、息抜きのために海面に姿を現し、鼻から天高く潮を噴き上げます。それは見事なもんですたい」

噂に聞く巨大な勇魚の群れがそばを横切ったかのように、舳先《へさき》に座る二人には浪荒い西海のうねりが跳ね返り、茂兵衛と真輔の顔を濡らした。

いつの間にか海の色は濃い緑色に変ってきていた。ゆったりとした大きな波のうねりを見ていると、知らず知らずに海の底に吸い込まれそうな錯覚を覚えた。舳先が一間ほどの高さの波に乗り上げたかと思うと、次の瞬間には真っ逆さまに落下するように波間にのみ込まれていく。櫓を操る二人は巧みに向かいくる波を避けながら櫓を懸命に漕いでいた。

初めての海の旅である。

外海《そとうみ》の波浪の荒々しさに恐怖に似た怯えが走った。

遠ざかる平戸島の西岸を見れば、海岸線に打ち寄せる波が大きく砕け散っていた。

「旦那。ご気分はどがんかな。出来るだけ遠くば見るようにしてください。近くの波ば見ていると目が回ります。最初は誰でも船酔いするもんですよ。気分が悪くなったら指を喉の奥に差し込んで腹の中の物を思い切り吐き出してくだせい。そしたら幾分か楽になりますんで」

船頭の源蔵がやさしい口調で何か言っているのが分かるが、目の前がグルグルと回るだけで何ともいえない気持ち悪さが腹の底から湧き上がってきた。

「真輔どん。どがんな塩梅な。もう少しで島に着きもんそ。それまでの我慢たい。さあ、この水で口ば濯《すす》ぎたもんせ」

茂兵衛が手を伸ばして竹筒の水を差し出したが、真輔は腹の物を吐き出してしまったのか青白い顔をしたぐったりとした姿で、体を海老のようにくねらせてゼイゼイと喘いでいるばかりであった。

「旦那あと半刻（一時間）もすれば、宇久島の神浦の港に入ります」

源蔵ともう一人の櫓漕ぎは何事もなかったように、腰の笹包みを取り出すと、握り飯を頬張り、おいしそうに竹筒の水を飲んでいた。

島影が濃くなるにつれて、波が穏やかになってきた。やがて舳先の正面に神浦の港を見下ろす厳島神社の社叢《しやそう》がはっきりと見えてきた。弧を描いたような小さな湾内に張り付くように小さな家々が密集している。大きな瓦屋根の商家風の家も何軒か見られ、この島の主要な港の一つであることが分かった。神社前の船着き場には何隻かの大型廻船が帆を下して休んでいた。おそらく博多や赤間ヶ関(下関)あたりからの下り船だと源蔵は言った。源蔵は巧みに櫓を操り、船改番所の前の船着き場に船を漕ぎ寄せた。相当な水深があるらしく青く澄んだ海面からは魚影の影は見えなかった。

この神浦と飯良《いいら》、小浜村の三か村は寛文元年（一六六一）の富江藩の立藩とともに旗本富江領に組み込まれるが、茂兵衛たちが神浦に来た当時は宇久島一円五島藩領であった。

船着き場には五島藩の小さな船改番所があった。一人の足軽と下僕一人が詰めていたが、源蔵が肥前呼子村の旦那寺である真言宗竜勝院の船手形を見せると、番所の足軽はろくな船改めもせずにすぐに上陸が許された。

二人は小さな船着き場に降り立ったものの、膝がガクガクとして足元がふらつき、しばらくはまっすぐに歩けなかった。いわゆる岡酔いであった。

呼子の港から宇久島神浦港までの海上距離約十八里（七十二キロメートル）で、四刻（八時間）余りを要していた。ようやく秋の柔らかい日差しが東シナ海の水平線の彼方に落ちようとしていた。

## 大久保村

神浦の港の番所を出た茂兵衛と真輔の二人は、これまでお世話になった船頭の源蔵と別れると今日の宿を求めて狭い海岸通りを歩いた。海岸通り沿いにはイカやアジの干物がいたるところに干されていて、漁村特有の佇まいをみせていた。すぐに旅籠「泉屋」と書かれた看板が目に入った。何でも神浦には二軒の船宿があることをあらかじめ聞かされていた。泉屋は厳島神社の西隣で、目の前には神浦の穏やかな海が広がっていた。船宿の他に醤油や味噌などの日常品の販売なども手広く商っていて、西の果てなる五島の島にも商品経済の流通がくまなく行き届いていることに驚いた。

今日一晩の宿を乞うと、主人らしい中年の落ち着いた男が出てきて愛想よく挨拶した。二人は通された海の見える二階の六畳ほどの部屋に荷を解いた。誰も先客はいないらしく、窓の外から「ピィー」と海鳥の鳴く声が聞こえてきた。

すぐにこの宿の女将と思われる中年女性がお茶を持って二階に上がってきて挨拶したが、余りにも若い二人を見て、少し驚いた様子があった。

「宇久島へは誰ぞ人を訪ねての旅ですか。狭い島ですので何かのお役に立てるかも知れませんから、遠慮なくお声がけください」

「それは忝《かたじけな》い。こちらのことは何も分からないのでよろしく頼みます。早速だが、ここから大久保村まではどれくらい離れていなさるのかな」

茂兵衛はできるだけ薩摩言葉を悟られないよう注意して話した。

「大久保村でしたら、この裏山を抜けて宇久島神社の鳥居前を通り飯良村方面に行くとすぐです。ここから半里余りの距離です。城ヶ岳の麓を行けば近道ですが、山が険しいので少し遠回りですが、飯良村を抜けられていくことをお勧めします」

「その村の大久保勘左衛門というお武家様はご健在ですか」

「大久保様ならこのあたりで知らない者はいません。五島の殿様から扶持を得ている在郷のお武家様です。島の人は大久保の殿様《とんさま》と呼んでいます」

茂兵衛は、これから訪ねる大久保勘左衛門が健在で、土地の人から畏敬の念で見られていることになんとなく嬉しさがこみあげてきた。そして、はるばる薩摩の国から幾山川を越えて西の果てなる五島に無事に来たことに安堵した。その晩は早々に風呂に入り、これまでの旅の疲れから早めに床に就いたが、先行きの不安感からなかなか寝付けなかった。

翌朝、早くに宿を出た二人は女将から教わった道筋を辿り、大久保村を目指して歩き出した。どの方角からも目印のように島の中央に聳える城ヶ岳（標高二百五十八メートル）の姿が手に取るように見えた。宇久島は五島列島の北端に位置し、面積二十五平方キロメートルの主島の他に数か所の小さな属島を抱えている。島の地形は中央部に聳える城ヶ岳の山裾が四方へ緩やかに流れ、南部の海岸は砂地も広がって遠浅の海となっている。一方北部地域は北西の季節風をまともに受けるため海蝕崖が幾重にも連なり人を寄せ付けない険しい地形となっている。土地は起伏に富んだ小さな谷が幾筋も刻まれて、その谷間に僅かばかりの水田が形成されている。丘陵地は一面の草原で覆われているが、集落の近くは畑として開墾されていた。飯良村に向かう道幅一間（一・八メートル）弱の道は緩やかな上り傾斜となっていた。その上り坂の中腹から南の方角を見ると、五島の島々が幾重にも連なってどこまでも続いていた。一番手前の大きな平べったい島が平戸松浦領の小値賀島《おぢか》で海峡を挟んで中通島の魚目半島が鋭く槍を突き出したように長く伸びている。小値賀島の対岸には野崎島の高い急峻な山並みが見えていた。その野崎島にこのあたりの神道の聖地として崇められている沖ノ神嶋神社（慶雲元年創建・西暦七〇四年）の「王位石《おえいし》」の威容が遠くからでも判別できた。二人は、これからの先行きに幸いあれと自然に両手を合わせて祈った。

途中、飯良の村中を抜けていったが田は少なく、畑地が多く一応に茅葺屋根の貧しい佇まいであった。ことのほか松や椿の原生林が多く、また、草を食んでいる骨格のたくましい牛の姿が多く見られた。薩摩に似た火山大地のやせた土地柄で、この島の経済が漁業を生業《なりわい》とする島であることが分かった。旅人の姿を見ることは稀なのか、道行く人から好奇な目で見られていることを痛いほど感じた。二人は自然と急ぎ足になっていたが、二人の若い旅人が珍しいのか、村の子供たちがどこまでも後を付いてきた。子供たちは一目でその貧しさが分かった。多くの子供たちには貧しさと不衛生さゆえの眼病や皮膚病が見られた。栄養不足からくる風土病である。下腹部が異常に張り出し、顔や手には菌に侵されて白濁しており、目には黄色いヤニがこびりついていた。まともに着物を纏《まと》っている子供は少なく、帯もなく縄で代用し、素足で歩いている姿が痛々しかった。

「真輔、よくこの子供たちを見ろ。この子たちの姿はこの島の姿そのものぞ。飢えと貧困が日常なのだ。この子たちは、これから先もこの島で暮らし、他の地方のことは何一つ知らずにこの島で働きそしてこの島で死んでいくことだろう」

茂兵衛は何かを諭すように真輔に向かって言った。薩摩も生活の厳しさは尋常ではないが、ここは小さな島ということが実感を持って伝わってきた。

半刻余りも歩くと目的の大久保村に着いた。戸数三十数軒の畑作中心の見るからに貧しい村であった。すべてが茅葺の佇まいで、屋根の上には茅を吹き飛ばされないように大きな石を無数に乗せていた。母屋の周りは大風《おおかぜ》避けのための野面《のづら》積みの石垣が人の背丈ほどに堅固に積まれていた。それはこの島の烈風の激しさを物語っていた。

大久保勘左衛門の屋敷はすぐに分かった。農家の野面積みの石垣とは明らかに異なる切り石の立派な石垣と、冠木門に似た大きな門があった。屋敷の周りには楠や椎の木の大木が生い茂り、その中に瓦を葺いた大きな建物があった。

叔父の半兵衛からは、我亡きあとは肥前五島の大久保様を頼れと言われた。大久保様は義の人ゆえ、お前たちを決して粗略には扱わないであろうと言い残した。その叔父の言葉を信じて旅を続けてきたものの、いざ、当人の玄関先に立つと何とも言えない不安感にかられた。

二人は玄関先で旅の埃《ほこり》と汗をぬぐうと、意を決して勝手口から「ゴメン」と訪問の挨拶をすると、中間《ちゅうげん》と思われる五十過ぎの小柄な老人が出てきた。

「拙者は、伊集院茂兵衛と申します。はるばる薩摩の国から大久保様を訪ねてまいりました。大久保様に御執り成しを願いたくお願い申します」

口上を聞いた中間の庄助はびっくりした様子で、慌てて母屋に用向きを伝えに走った。

離島の中の離島に訪ねてくる客人は珍しく、たまに城下のある福江の町から役人衆が出張して挨拶するぐらいであった。もっともこの時期の五島藩は近世大名としての体制づくりで各地に分散する有力武士の「福江直り（有力武士を福江城下に集めること）」を推し進めている最中で、勘左衛門の兄の主殿家次はすでに福江城下住まいであり、勘左衛門自身もたびたび福江城下に出張することが多くなっていた。しかし、その福江の城下は北端の宇久島からは海上二十一里（八十四キロメートル）も離れていた。

奥の座敷で寛いでいた勘左衛門は薩摩の伊集院と聞いて一瞬顔色が変わった。さては上様に一大事が生じたのかと不安な心持ちになった。

「爺さん。何をしている。早くその客人をご案内するのだ」

中間の庄助はすぐに濯《すす》ぎのたらいを持ってきて、二人の足を洗ってくれた。続いて広い母屋の奥の座敷に通された。やがて勘左衛門の内儀《ないぎ》と思われる初老の女性がお茶菓子を持ってきて丁寧に挨拶した。

さすがに宇久島で名のある武士である。若い二人の薄汚れた格好には一向に頓着せず、勘左衛門は紋付に袴の正装で現れた。

「拙者が、大久保勘左衛門である。五島藩士としてこの村の知行二百十石の禄をあてがわれています。この度は、遠路はるばる薩摩からお越しとのこと。さぞやお疲れでしょう」

目の前に座る勘左衛門は年の頃五十半ばで、髷を大田房《おおたぶさ》に結い、鬢には白いものが目立っていた。中肉で色黒のいかにも戦国の乱世を生き抜いてきた古武士の感があった。

「私どもは八月過ぎに故あって薩摩を出て、陸路で薩摩の国境を越えて肥後に入り、肥前唐津の呼子浦から五島宇久島に渡ってまいりました。隣に控えているのは私の甥で伊集院真輔と申します。ここに国許の叔父の伊集院半兵衛から大久保様への手紙を持参いたしました」

勘左衛門は何かを察したように二人をまざまざと見た。

「伊集院半兵衛殿とな。懐かしい名前よのう。話は長くなりそうだな。飯は食べたか。ここは遠慮はいらん。思いのたけを話されよ」

「突然のご訪問でさぞ驚かれことでしょう。詳しくは叔父の書面にしたためていますが、上様は今年の八月にご自害あそばされました。大坂から下向の従臣も多くは上様の後を追って自害されました。拙者の叔父半兵衛も追腹しました。上様のご遺体は鹿児島城下の島津家菩提寺『福昌寺』に埋葬されたと聞いています。影墓と従者の墓は薩摩の福元村というところにあります」

「そうか。上様も半兵衛殿もお隠れあそばしたか。して、上様はお幾つであられたのかな」

「四十五《しじゅうご》と聞き及んでいます。私は、八歳で上様の小姓としてお側に使えました。上様が大坂から薩摩に下向したのが二十四の時でしたので、かれこれ二十年もの間薩摩での不自由なお暮らしを続けてこられました」

「そうか半兵衛殿も上様のお供したのか」

「はい。叔父の半兵衛は自害するに及んで、何度も薩摩に迷惑をかけてはならぬ繰り返し言い残しました。それで、われらのような若い者はそれぞれに縁者を辿って薩摩を離れることになったのです」

「そうか。色々と聞きたいことが山とあるが、ご貴殿も疲れているであろう。すぐに風呂を焚かせるから、今日は何も考えずゆっくりと休みなされ。ここでは時間は有り余るほどある。いつでも話し合うことはできる。今は何も考えずしばらくは島の中でも歩いて回ったらよかばい。さあ、膝を崩してゆっくりと休まれよ」

勘左衛門は伊集院半兵衛からの手紙を読み終えると、何か感じることがあるのか、長いこと座敷の外の樟の大木を眺めていた。

## 宇久島の生活

勘左衛門は、茂兵衛と真輔の二人のために奥の六畳ほどの部屋を空けてくれた。障子を開けると城ヶ岳の山並みが見えた。海こそ見えないが、かすかに潮の香りがした。東に開け放たれた部屋は日当たりもよく、前庭は手入れが行き届き見事な庭園となっていた。

母屋の中央には泉水があり、兄の主殿家次が先の慶長の役で朝鮮から戦利品として持ち帰った石塔が置かれていた。

勘左衛門の家族は、二十八歳になる長子の勘兵衛と十八歳のさとという二人の子供がいた。勘兵衛はすでに妻帯しており、二歳になる男の子がいた。千坪は優にある屋敷の離れには中間の庄助夫婦が住み込みで住んでいた。

二人は朝早くから、島の隅々まで見て歩くこと以外に何もすることはなかった。夜は勘左衛門の晩酌相手としてこれまで見てきた世情や昔話に花を咲かせた。

宇久島の中心は昔の領主館《やかた》があった山本村であったが、二人が島に来た頃には、平《たいら》の港の開発が進んできたことから宇久島の中心が変わりつつあった。五島藩の代官所もこの平に置かれていた。その平村の浜辺には「海士《うみんし》」といわれる集団が古くから住んでいた。海中に潜むアワビやサザエを採って生計を維持している海のサムライである。

肥前風土記にある、もっぱら海に潜ってアワビを採る「土蜘蛛《つちぐも》」と記載されている海民の末裔である。

そもそも宇久島の歴史の始まりが、平家落人伝説から幕を開ける。壇ノ浦の戦いで滅んだ平家一門である平家盛は、密かに使いを近江に送り、藤原河内守久道という者に後事を諮って鎮西に赴くことになった。文治二年（一一八六）十一月十五日京都を発して、十九人を率いて難波《なにわ》から船出した。平戸の渡辺家（後の松浦家）を頼るが、すでに住むに適する土地はなく、意を決して五島宇久島を目指すことになった。宇久島の西岸にたどり着いた家盛一行は、ちょうど平の海士が漁にきていた時に遭遇した。海士たちは舞鶴の紋がついた赤漆のお椀で一行を厚くもてなした。家盛一行が漂着した浦を船隠《ふなかくし》と呼び、上陸地を火焚埼《ひたきさき》と呼んでいる。家盛一行は上陸三日後には島人から迎えられて山本村に館を建てて定住することになった。文治三年（一一八七）七月八日には、宇久島の有力土豪十五人の請願を入れて領主になることを承諾し、姓名を宇久次郎家盛と名乗った。むろん、家盛一行の突然の来島は土地の先住者にとっては迷惑であったことであろう。この時の有力土豪十五人の一人であった久保盛興《もりおき》は一人だけ反旗を翻している。そのため、その一族は風呂場に集められ悉く惨殺された。その時盛興に味方した乗時《のりとき》という若者は身の危険を察して島から逃れたと伝わっている。この時の余りの凄惨な殺戮現場は今でも「風呂屋敷」として語り継がれその一族の墓も残っている。宇久家の不幸が続くと、その時の霊が崇っているといわれ、盛興寺《じょうこうじ》（久保盛興の名を寺名としている）を建てて長く久保一族の霊を弔った。

余談であるが、長野県上水内郡飯綱町芋川というところの旧家の庭先に古色蒼然とした緑色凝灰岩に印刻された真證道賀居士と書かれた高さ一メートルほどの墓碑がある。

注目すべきは墓碑の裏面に書かれた本国肥前長崎住人　五島新左衛門照重　元久三年（一二〇六）八月二十一日没と書かれていることである。つまりこの人は壇ノ浦の戦い（一一八五）から二十一年後に信州芋川の地で亡くなり、出身は長崎の五島の人だと代々言い伝えられてきたと、現在この屋敷の主人の長崎さんは語っている。ちなみに現在の長崎家は江戸時代には代々この地方の庄屋をされていたとのことである。墓石そのものは江戸時代の中期以降に建てられたものと考えられる。庶民が墓石を建てたり戒名を作ることが許されるのは寺請制度が整う元禄以降のことである。本国肥前長崎住人という名乗りかたも、キリスト教が伝来し南蛮貿易が盛んになって、長崎の地が天領として広く知られるようになってからのことである。同じく、五島新左衛門照重という名乗りも、江戸時代は藩主一門しか五島の姓を名乗ることは許されなかった。恐らく、江戸中期になって当時の長崎氏の当主が先祖からの言い伝えをもとに、先祖供養の強い思いから建立したのではなかろうか。

想像をたくましくすれば家盛一行の宇久島上陸に従わず、たった一人で逃亡したと郷土の歴史に名を残す乗時が五島を遠く離れ、信州の地まで逃げ延びて代々その地の旧家として生き延びたのではないだろうか。今から八百年もの昔の話である。

このようにして宇久島進出してきた宇久氏であったが、今日までその確たる出自には争いが付いて回っている。

それは桓武《かんむ》平氏の子孫とする「平系五島系譜」と、清和《せいわ》源氏武田氏流とする「源姓五島家系図」の二つの流れである。桓武平氏説は、平忠盛の次男家盛を祖とするものである。ちなみに兄は腹違いの平清盛である。

平家盛は久安五年（一一四九）二月に、鳥羽法王の熊野詣に同行していたが、参拝の途中にわかに病気を患い亡くなっている。平治物語によると二十三歳の若者であった。このことは、平治の乱（一一六〇）で捕らえられた源頼朝の容貌が亡くなった家盛に姿かたちが似ていたことから母（宗子・池禅尼）から清盛に助命嘆願があったことから頼朝は一命を取り留めたといわれている。

しかるに、平家が寿永四年（一一八五）三月二十四日に壇ノ浦の戦いで滅亡したとの報を聞くと突如姿を現し、文治三年（一一八七）三月二十六日に宇久島に渡ってきている。家盛が後の世まで生き残っていたとすれば、宇久島上陸時の年齢は六十三歳という当時としてはまれな高齢者であった。

一方、源姓五島系譜にある武田信弘とは、清和天皇の皇子桃園親王の後裔武田有義の子であった。文治三年平戸島黒髪山に居を構え田畑九百町歩を所有していたが、後に宇久島に渡り、屋形を山本に築いた。宇久次郎家盛と号した。この当時の宇久島・小値賀島・中通島・若松島一帯は宇野御厨（中心は現在の松浦市周辺）と呼ばれた荘園で、実態は松浦党が支配する地域だった。ところが、江戸時代になると、突然の源氏を始祖とする系図が現れるようになり、源氏の流れをくむ徳川家に配慮したことが窺い知れる。その後幕府に提出した寛永諸家系図伝、寛政重修諸家譜でも源氏姓五島系譜を提出しているが、多くの矛盾から十七代宇久盛定以前の系図は信用できないとされた。享保六年（一七二一）にも家臣の高峰十之進と貞方左七に命じて系図編纂に当たっているが、幕府からは「作為あり」と指摘されたため、撰者の高峰十之進は宇久島の寺島に流罪となり、貞方左七は松山郷に蟄居を命じられている。

ともあれ、家盛は建久元年（一一九〇）に亡くなり、宇久島の東光寺に葬られた。

平姓、源姓のいずれが正しいかは歴史の闇の中であるが、家盛と称する人物が宇久氏の祖となり、やがて五島列島の南端の島福江島に進出して後の近世大名五島氏へと発展していったのである。

何時ものように島の散策を終えて帰宅した二人は、薩摩示現流の野太刀の稽古を重ねることが日課となっていた。裏山に行き数本の木の枝を横たえて、ただひたすら太めの木刀をその木の枝に向けて振り落とす稽古である。「一の太刀を疑わず」とか「二の太刀を要《い》らず」と言われる一撃必殺の剣法である。蜻蛉《とんぼ》の構えから「キィエーイ」という独特の気合を発しながらの稽古である。薩摩独特の郷中教育の中で育った二人は稚児の頃からこの独特の示現流の稽古に励んできた。

　稽古を終えると、今度は勘左衛門の晩酌の相手を努めなければならなかった。酒好きな勘左衛門は毎晩のように酒の相手を求め、その語りも尽きなかった。すでに大久保村に来て、半月は過ぎていた。勘左衛門はすっかり茂兵衛と真輔の二人を信頼して、その行く末を案じてくれていた。

　今日はよかキンナゴが手に入ったといって庄助が煎り焼きと刺身を作ってくれた。

「さあ、食わんね」

と言って、二人にこの地方ならではのキンナゴの料理を勧めた。いつも遠慮がちな二人のために気を使ってくれているのが嬉しかった。

「薩摩にもキンナゴはあるんか？」

「はい。薩摩でもキンナゴは常日頃から食べています。ただ、私どもの在所は少し海から離れていたので、こちらのように毎日魚尽くしとは言えません」

　勘左衛門の家では毎日のように食前には魚が添えられた。主食となる米こそ少ないが、周りを海に囲まれたこの島では魚はいつでも手に入った。

「大久保様は今の五島の殿様が宇久島に渡られた時の家臣だったと村人から聞きました。

差しさわりがなければ、今夜は大久保様たちが宇久島に渡られた時の言い伝えなどをお聞きしたいと思います」

勘左衛門は黙って酒を飲んでいたが、横に座る長男の勘兵衛の同意を得るかのようにしておもむろに語り始めた。

「さあ、今から四百五十年前の話となると、わしも代々語り継がれたことぐらいしか分からんばい。それでん良けれれば話してみようかい」

勘左衛門は手元の徳利をぐいと引き寄せると湯呑になみなみと酒を注ぎ飲み始めた。喉を潤すと、大根と里芋の煮つけを箸でつまみながらうまそうに口に運んだ。

「一緒に宇久島に渡ってきた者は殿を含めて十数人だったと聞いている。その中の一人に藤原久道という武士がいた。この御仁が後に「蔵否輯録《ぞうひしゅうろく》」という随行記を書き残している」

この書は、藤原家の家宝として代々受け継がれてきたものであったが、虫食いなどで判読しがたくなったので十三代藤原久厚が嘉吉二年（一四四二）に書き写し、さらに江戸時代末期の文政五年（一八二二）に二十六代藤原友衛が整理したものであった。

この書の中に家盛上陸のことが詳しく書かれている。それによると土地の土豪の請願を入れて宇久島の領主になったとある。

壇ノ浦の戦いに敗れて辿り着いた先が、この九州の最果ての宇久島だったという。

いずれにしても当時数百人の島人が暮らす中に、いきなり武装した十数人の武士が現れ、京の平家一門を名乗ったのである。恐れをなした島人は、彼らを受け入れざるを得なかったであろう。

島の領主となった家盛は山本村に館を建て、藤原久道は太田江郷、山伏の我覚坊は木場郷、松橋は大窪郷、簗瀬善兵衛は魚目の榎津郷、平田肥前守貞能は山本村と各地に家臣を配置した。何故か狭い島なのに分散して警戒を怠らなかったのである。後に松橋は大久保、我覚坊は木場と姓を変えている。

「ご先祖様がこの宇久島に渡られて以来、代々大久保様はこちらでお暮らしでしたか」

「いやいや、宇久家八代を継承された宇久覚公は、永徳三年（一三八三）この五島列島全体の統治を求め、一番大きな島である福江島の岐宿の城嶽に館を築き、その子勝は福江の辰ノ口というところに小さな城を構えて、全五島の支配に乗り出した。その頃から殿に従い宇久島の家臣の多くも福江に居つくようになっていった。わしらの先祖も何百年と宇久島で生活してきたが、やがて福江と宇久島に別れて暮らすようになった。

今の徳川の世では大きな声では言えないがその頃は対馬・壱岐それに五島を含めた松浦地方一帯はその地理的条件から海外交易に生活のよりどころを求めていたのである。この地方の土地は山が海に迫り、田は少なく常に飢饉と隣り合わせの貧しい暮らしであった。

打ち続く戦乱で土地は荒れ果て、巷には主を失った浪人者ばかりが溢れていた。自然発生的にコメが豊富にある隣国の高麗国との交易を求めていった。そのうち交易とは名ばかりの略奪そのものが仕事になったのである。一人一人は小さな地侍に過ぎなかったが、この西海一帯は多くの島があり船一隻あれば何処とでも繋がった。われらは松浦三十六島に割拠する小侍と一揆契状を取り交わし、互いに助け合いながら一致団結して交渉にあたった。人々は我々のことを松浦党と呼んだ。五島や対馬・壱岐の名だたる土豪は小さな船に武門の守り神である八幡大菩薩の旗印を掲げていたから八幡《ばはん》船とか倭寇《わこう》などと呼ばれかの国の民から恐れられていた」

勘左衛門の話がバハン時代の話に及んでくると、なんとも不思議な思いがした。徳川の幕藩体制下、国を閉ざしてしまった今となっては封印されてしまったこの国の過去で、それは絶対に人の口からは語られることは無い忘れ去られた歴史でもあった。

「その海外交易で名をはせた土豪で宇久一族の玉之浦茂という者が、朝鮮との海外交易で財をなし五島の有力土豪を従えて勢力を奮いだすと、宇久様の全五島支配も危うくなった。玉之浦茂の子納《おさむ》は、永正四年（一五〇七）反乱を起こし、宇久様を福江から追放し一時五島全域の支配権を手にした。

この時、祖父の大久保日向家次は、戦いのさなか当時三歳の幼君三郎君と奥方と乳母、神官平田庄右衛門とともに釣り船の船底に隠れて城を抜け出し、海路小値賀島に逃れたのち、奥方の実父松浦弘定公を頼って平戸に落ち延びた。家次は、三郎君を平戸の送り届けると、自領の宇久島大久保村に戻り、時勢の到来を待った。

平戸にいること十四年、元服し名を盛定様と改めた。いよいよ時期の到来と悟った盛定公は、平戸領主からの援軍や宇久島の大久保一族など合わせて総兵力二百三十五名で、大永元年（一五二一）四月一日には宇久島を出立した。そのまま玉之浦の大宝館を急襲したことにより、玉之浦納はやっとのことで敗走したが、追い詰められ嵯峨島というところで自刀して果てた。われら一族の誇りで五島一の忠臣と言われた祖父の大久保日向家次は何としても宇久囲公の妹で玉之浦納の室を助けようとして、深追いして体に十数槍を受けて壮絶な死を遂げた。その日向には式部と刑部という二人の子がいて、わしはその刑部の長男として生まれた。玉之浦納の内乱を平定した宇久盛定公は、再び福江の地に戻り、これ以降宇久様に弓を弾く者は現れなくなったのである」

この時代、世界史的にみれば大航海時代の始まりで、スペイン・ポルトガル・イギリス・オランダ等の列強によるアジア支配が始まろうとしていた。

勘左衛門はキンナゴの入り焼きで喉が渇くのか盛んに手元の湯呑に手が伸びて、おいしそうに酒を飲んでいた。

# 五峰王直

　幾晩か続けて勘左衛門の口から熱く語られるこの島の興亡の歴史を聞きながら、茂兵衛の心は遠く薩摩の国を思い起こしていた。上様の死とともに、多くの人の運命が変わった。すでに父も母もない身の上でありながら、島津公への遠慮からこうして西海の小さな島に身を寄せている。この先、どのような運命が待ち受けているかを思うと不安な思いもよぎった。

「毎晩、わしの酒の相手をして貰って退屈じゃなかかね」

「とんでもございません。大変有難く聞かせて頂いております。この島のことは何も分からないので興味が尽きません」

「そうか、それじゃ今晩はちょっと変わった話をしてみようかの。と言っても子供の頃父親から何度も聞かされた話だがな」

　というなり急に改まったように話を始めた。

「時代は巡って、天文九年（一五四〇）、この五島深江（福江のことを当時はこのように呼んでいた）の港に一人の明人の男が通商を求めてやって来たそうだ。その男は、この島の人たちが未だ見たこともないような大きな船を深江の江川の河口に着けた。その船は歩数百二十歩ほどで、船上には大きな櫓が四台も組まれており、船中には百数十人の明人が乗り組んでいた。船縁には金の縁取りで鮮やかに龍が描かれた三角旗が何本もたなびき、高い舳先の両脇には大きな魚の目玉が描かれていた。

その巨船は、誰に咎められるでもなく、堂々と宇久盛定公の住まう江川城の船溜まりの沖に碇を下した。やがて三艘の小舟が甲板から降ろされ、銀色に輝く鎧を身に纏った十数人の警備の兵士が、長刀《なぎなた》のような刀を手にしてその小舟に乗り移った。最後に召使が差し掛ける日傘の中に、一人の大きな男が美しい緋色玉のついた緞衣を身にまとい、頭には簾の様な王冠を被り悠然と降りてきた。その人は名を王直《おうちょく》と名乗った」

勘左衛門は、この島に一人の明人が交易を求めて来航したいきさつを語った。子供の頃父の刑部からよく聞かされた話だという。これまでこの島に海難によって漂流した外国人が漂着することはあっても、正式の交易を求めて来航した者などいなかった。

「王直の来航当時は、すでに玉之浦の乱の後始末も終わり、宇久様による全五島の支配が完了しようとしていた。宇久盛定公は高麗国や朝鮮王朝との交易の経験からこの島は海外との交易に最も適した土地であることをよくご存じだったので喜んで王直の申し入れを受け入れた。江川城のすぐ近くに王直たちが住むための土地九百坪を分け与えてことのほか優遇した。王直はこの土地にこの島の人たちが見たこともないような異国風の建物を幾つも建てた。屋根瓦は青く輝き、その先端は大きく反り返っていた。建物を支える柱はすべて朱で赤く塗られていた。内部には戦いの神である関羽の廟が祭られていた。王直は数百人からの部下にかしずかれ、まるでこの島の主が変わってしまったような勢いだった。聞けば、二千人からの配下を持つ海商とのことであった」

当時の五島は各地の浦々に土豪が割拠しており、宇久氏の支配力も五島列島の全域には及んでいなかった。宇久盛定にとっては王直の来航は願ってもない好機だった。王直は東シナ海に君臨する海商で、その当時の最先端の技術や珍しい品物をこの島にもたらした。

それまでの和船は船底が平らであったため、波を切ることが出来なくて沖に出ることができなかった。王直は中国福建あたりで作られていたジャンク船を五島の唐船の浦や増田というところに造船所を作ってこの島の人たちに外洋に出られる船づくりを教えた。ジャンク船は船底に竜骨こそないが、たとえ座礁して船底に亀裂が入って海水が浸水しても、隔壁で頑丈に守られているため、船全体への浸水はなく沈没することは無かった。

また、天文九年（一五四〇）には大津の浜で鉄砲の実射を行った。これは種子島に鉄砲の伝来がもたらされたとされる三年前のことであった。

王直は日本人が欲しがる人参、生糸、陶器、書画、明国銭などを大量に持ち込み、五島の江川の港で宇久氏配下の商人に売り渡し、日本で豊富に産出される銀と交換した。こうした噂はあっという間に九州の大名に知れ渡った。その王直が日本の諸大名に広く知られるようになったのは、天文十二年（一五四三）に種子島に漂着したポルトガル船に乗り込んで、この国に鉄砲を伝えたからである。王直は大明の儒者五峰《ごほう》王直と号していた。

五島の小さな武将であった宇久氏は王直との交易によって膨大な財を蓄積し、この島の支配権を確実なものにしていった。船が入港するたびに莫大な入船料と荷駄銭が入り宇久氏の収入となった。深江の小さな船泊には幾隻ものジャンク船が停泊するようになり、それらの船との取引を求めて、京や堺さらには博多などから幾多の商人が来島してきたことから、かってない賑わいとなって五島の黄金時代を迎えた。王直の真の目的は日本にあった産する銀の採掘権を手中に収めることであった。その当時の明国では銀銭の需要の高まりとともに、明人の銀への思い入れは異常なほど高かった。王直はこれまでの東アジアを中心とした国々との交易で、日本の石見というところで産出される銀が大変に良質でその埋蔵量も桁違いであることをよく知っていた。時を同じくして灰吹法という銀精錬の技術の発明があり、銀の大量生産が可能となっており、日本はまさしく世界一の黄金の国として海外から注目されていた。特にその当時の大国スペインやポルトガルはキリスト教の布教を目的として多くの宣教師を派遣して、虎視眈々として日本の銀山の支配をねらっていた。

日本で豊富に産出される良質な銀と明国の銀貨幣への切り替えに伴う銀需要の高まりから、東シナ海一帯の銀密貿易の市場を作り上げたのが他ならぬ王直だったのである。

「我々もまた、この王直との付き合いから偏狭な島国根性というものの見方から、大きく視野を広げさせられた。五島と薩摩との交際もこの頃から始まった。お互い領国に多くの島々を抱えていることは同じだった。王直も盛んに薩摩の島々と行き来をしており、島津公からの信頼も厚いものがあった」

茂兵衛は熱く語る勘左衛門の話に強く引き込まれて興味が尽きなかった。これまで、日本は島国故、もっぱら国内のみの逼塞し、僅かばかりの領地争いに身内や親子の情も断ち切り、血で血を洗うような権力争いを嫌というほどに見てきた。

「当時の明国との通商は、勘合符貿易といってな、室町幕府の勘合符発行の権限は周防の大内氏が独占していた。それも日本船の明国への入港は十年に一度という極端な制限交易であった。明国は厳しく国を閉ざしており、沿岸の航行、大型船の建造、各地の港湾の立ち入りなどを厳しく禁止していたのだ。その大内氏も家臣の陶晴賢に滅ぼされてしまったから、まったく日明貿易は途絶えてしまった。そうした厳しい明国の監視の目を盗んで、王直は密貿易の世界に乗り出していた。機敏な商才と大胆不敵な行動でたちまち頭角を現し海商王として君臨するようになったそうだ。王直はこうした祖国の海禁政策に強い不満を持っていた。その思いは、戦乱に明け暮れた我らのように日本の辺地で暮らす小侍衆も一緒の思いだった。その不満は必然的に海外に目が向けられ、大倭寇時代となった。王直のこれらの行為は明国からすると国法を守らない許しがたい売国行為でもあった。追われる身となった王直は、五島や平戸さらには明国の舟山諸島などに拠点を置いていた。対外的には日微王と名乗り、日本国内向けには五峰王直と名乗った。海上から見た五島はまるで五つの峰が連なるように見えるため、明人は五島のことを古くから五峰と呼んでいるそうだ。付従う松浦三十六島の海賊衆には中国風の官位を授け、これらの者を配下とした大倭寇集団を作り上げた。名は明かせないが、五島の有力者の多くは王直の配下として、かの国を荒らし回ったのである」

勘左衛門はまるで見てきたかのように話した。茂兵衛はこの島の昔語りでこれまで父親から何度となく繰り返し聞かされてきたのであろうと思った。これまで国内の戦しか知らなかった茂兵衛にとって、勘左衛門の話はあまりにもスケールが大きく、血沸き胸躍ることの連続であった。

勘左衛門は、茶碗酒を一口飲み干すと再びゆっくりとした口調で話し始めた。

「それからたい。五島の浦々に割拠する名もなき小侍どもが一領具足を身に纏い、我も我もと海に押し出し、上五島の小手ノ浦や日ノ島さらには深江の江川の港に集結した。小船には八幡大菩薩という旗を船の物見台に掲げて勇躍して押し出していったとばい。そこには国家や藩などといった偏狭な意識などはなく、もっぱら志を同じくする者の連帯感によって固く結ばれていたのだ」

食い詰め牢人や小侍の寄せ集めである倭寇の一団は、古くから南路といってこの五島から明国の揚子江の河口を目指した。その地に行くには冬から春にかけて北東季節風が吹き始めるのを待って、真潮（黒潮）の側を逆流する潮の流れに乗れば一昼夜で五十里は走ることができ、運が良ければ明国へは五日ほどで辿り着いた。逆に明国から日本に向かうには五月から八月にかけて南から北へ向かって吹く季節風があるので、島伝いに北上すれば薩摩の屋久島沖で土佐方向と対馬方向に潮の流れが分かれる。五島へは対馬方向へと舵取れば一昼夜でたどり着く。いったん海に出ればそこは大海原である。いつ、嵐に巻き込まれるかも分からない。まさに板子一枚地獄の世界に命を懸けて、明日の命は運次第であった。

「茂兵衛どん。我々は海のサムライなのだ。昔から海から人や物がやって来た。我々もまた広大な海を越えて押し出していった。この島の南には広大な大明帝国があり、海を隔てた琉球の先には高山国（台湾）、ルソン、シャム国と連なっている。この五島の島は昔から異国との交易無くしてはなりゆかない島なのだ」

「旦那様、バハンの話は薩摩でも少しは聞いてきましたが詳しい話は知りませんでした。薩摩でも琉球を支配するようになって、薩南諸島を通じて明との密貿易が盛んであったと聞いています。この五島ではつい最近までそのようなことが行われていたのは驚きです」

茂兵衛にとって勘左衛門の話すことは生まれて初めて聞く話ばかりだった。こんな小さな島でも一国の興亡の歴史に匹敵する秘められた歴史があることを痛切した。

「弘治元年(一五五五)十一月の頃と聞いている。深江の港に明国からの使節が来航した。明国総督胡宗憲からの書状を携えた正副二名の使者は、江川城の宇久純定公に会って、王直の帰順が許されたと伝えた。使者によると、国賊の一味として十年間投獄されていた母親や仲間が許されて、国から厚遇されており、生きている間に一目我が息子に会いたいと言っているとのことであった」

王直の養子である王撒は「これは罠に違いない」との思いからその真意を確認するため明国に渡ったのである。使者の約束は間違いないことを確信した王撒はそのことを知らせに深江に帰ってきた。弘治三年十月には王直一行は明国に帰順するため五島を引き上げたのである。ところが、王直はすぐに投獄され首を刎ねられた。

それ以来、西日本の各地から食い詰め牢人や土豪がこの五島に集まり、大挙して明国沿岸を荒らしまわったのである。倭寇が現れるとその地は一空になると言われ、いわゆる大倭寇時代となった。倭寇集団は明国への最短距離である、この五島の小さな浦々から小舟に八幡大菩薩の旗印を掲げて、揚子江河口の舟山諸島を目指した。我々は倭寇と呼ばれて恐れられていたが、その実態は和人は三割もなく、多くは明国の海禁政策からはじ出されたならず者の集団だった。

一方、国内では百年以上続いた乱世の戦国の世も次第に落ち着き始めていた。太閤秀吉の時代になると、もはやバハンの時代ではなくなった。

太閤は西国の余りに激しい海賊行為に対して、その取り締まりに乗り出した。天正十六年（一五八八）にはかの有名な海賊取り締まりの禁令を出されたのである。

一　諸国の海上での賊船行為を固く禁止する

一　国の浦々の船頭、漁師で船を持っている者については、在所の地頭・代官が速やかに調査して、今後一切の賊船行為をしないことの誓紙を出させること

一　今後は、給人領主で油断して賊船行為を行う者がいたら厳しく処罰する。そのような給人領主の知行所は永久に没収する

天下の覇権を得た太閤の威光は絶対的で、誰もその布告から逃れることはできなかった。ここにこれまでの海賊行為は厳禁され、瀬戸内の村上元吉様をはじめとする幾多の海の大名や名のある海賊衆が取り潰された。

海外との交易は、太閤が発行する朱印状を所持する者に限られたことから、これまで国内の辺地に割拠していた海賊衆もさすがに活躍の場を奪われてしまい、ここに戦国の世の終わりと長く続いた倭寇の時代の終焉を見たのである。

「この五島でも海賊取り締まりの禁令が発せられると、たちまちのうちに江川の港近くにあった王直の館や明人屋敷は跡形もなく取り壊され、誰も王直の名を口にする者はいなくなったとたい。それまで島の浦々に威勢を張っていた海賊衆も、これまでの旧悪が表沙汰になることを恐れ、我が身の保身のため何かあれば異口同音に王直に脅されて嫌々バハンを働いたと言い始めたのである。明国由来の書や骨董などの証拠となる品々もあっという間に焼き捨てられたりして処分された」

世の倣いとはいえ、時の勢いによりこの世の真実などというものは簡単に書き換えられていくことを勘左衛門は自らの体験と経験から教えてくれた。

## 海士《うみんし》

宇久島にきて早いもので三か月が過ぎようとしていた。すっかり島での生活にも溶け込み落ち着いた日々を送っていた。二人は毎日のように村々を廻って歩いた。天気の悪い日には、裏山から切ってきた竹竿を担いで海岸に出た。どこの磯でも一刻も釣り糸を垂れるとアジ、ベラ、オコゼ等の小魚が腰にぶら下げたビクが満杯になるほど釣れた。また、干潮になると磯にはミナと呼ばれる小さな巻貝がいくらでも転がっており、岩場にはアオサやワカメが青々と密集していた。ミナは塩茹すれば簡単に食べることができた。また、アオサは天日で干して乾燥させると何日でも食べられる保存食で、このあたりの農家は毎日のようにアオサを味噌汁の具として使った。茂兵衛と真輔は、少しでも大久保様の家計の足しになればと魚釣りやミナ拾いにも力が入った。

大潮の時期になると遠浅の磯が多い海岸では、多くの海士と呼ばれる集団が沖に出て、樽を浮かせてサザエやアワビを裸眼のまま素潜りで採っていた。アワビカギというアワビを岩からはぎ落す金具を片手に持ち、重石《おもし》となる分銅を網の中に入れて首からぶら下げている。真冬でも褌一つの裸同然で潜った。驚くほど泳ぎが巧みで、深さ十間（十八メートル）は優に潜ることができた。この島では海に潜るのはすべてが男の仕事である。

宇久島と海士は切り離すことはできないほど、この島の歴史と結びついていた。

平家盛が宇久に進出してきた頃の話として、家盛が地元の老医者であった三慶に尋ねた逸話が蔵否輯録《ぞうひしゅうろく》という書物に記録されている。

「何ぞ珍しきと心得ること、この島にはあるか」

と家盛が尋ねたことに対して、三慶は次のように答えている。

「他所より優れたと存する事は、浜の鮑取りに御座候。長く水中に在って自在をなし、多くの鮑取る事を得。これを常と存すれば論なけれども、他邦（他の地域）の水練はとても及ばざる所にて、この島の宝と存ぜしなり。また鮑のある事この島に及ぶところ御座なく候」と返答している。このことから、毎年アワビ三百個を家盛の御殿に献上するようになったという。家盛が宇久島に上陸したときから海士との深い因縁があったことから、その返礼として五島全域どこでもアワビを採ることが出来る採鮑許可のお墨付きを与えたといわれている。

外部の人との交流が極端に少ない島の人たちにとっては、茂兵衛と真輔の存在は珍しく、ちょっとした有名人になっていた。どこの村を訪ねても自然と人の輪が出来て、質問攻めにあうのである。一般的な百姓は、生涯この島から外に出ることは無く、また他国の人と交わることもなく人生を終えたのである。

いつも茂兵衛の格好は脇差をさすことはあっても、両刀を手挟むことはなかった。真輔は無腰のままである。二人はできるだけ島の人たちに威圧感を与えないようと気配りしていた。

平村の堀川にある数軒の海士集落を歩いている時だった。生憎の満潮時期で潮目が悪いため、海士たちも漁に出ることもなく、所在なげに数人が固まってイカやエビを肴に酒を飲んでいた。

「そちらのお武家様は大久保の殿様《とんさま》のお客人の方ではないですか。よかったら一緒に酒でも飲んでいきなさりませんか」と一人の海士から声をかけられた。

海岸沿いに建てられた小さな番屋には、囲炉裏が切られその周りに座った褐色のたくましい海士五人ほどが酒盛りをしている最中だった。

この島の知行取りで上級武士である大久保勘左衛門は、島人からは殿様《とんさま》と呼ばれていた。

茂兵衛も特別急ぐ用事もないので、その五人ほどの酒の輪の中に入れてもらった。

「私は、大久保様にご厄介になっている伊集院茂兵衛と申します。一緒にいるのは甥の伊集院真輔です。折角お声掛けしていただきましたので、少しばかりお邪魔いたします」

と型通りの挨拶をすると、海士の頭と思しき人からも挨拶があった。

「私どもは、この村の海士です。おいは海士頭の伊勢松と申します。あなた様方のことはこの島ではもっぱらの噂の種です。小さな島ゆえ、噂話こそが一番の息抜きなのです。どうか悪気はないのでご気分を害しないでください。さあ、一杯どうですか」

伊勢松はすっかり酔ってしまっているのか、赤ら顔でニコニコしながら話しかけてきた。

「こちらにお世話になって、早三か月がたちます。毎日、いろんな村々を訪ねて歩いています。島とはいえ広いものですね。あなた方はこの島の海士とのこと。これも何かのご縁ですので海士の稼業について少し教えてもらえませんか」

茂兵衛は当たり障りのないように注意深く質問した。領主から信任を得ている海士はとかく気性が荒く、誇り高い人々と聞いていた。

「お聞きになったとは思いますが、この島の東と南の海岸は遠浅で、昔からアワビやサザエの巣みたいなものです。我々のような潜りは代々この島でアワビを採って生活してきたとです。今はアワビ採りも藩の直営事業で、船見役所に一括して納めているとたい。ささ、グイっといきなされ」

と言いながら伊勢松は茂兵衛の湯飲み茶碗になみなみと濁酒《どぶろく》を注いで、炉端《ひどこ》で焼いている大きな伊勢海老を食べるように勧めた。

「ところで伊集院の旦那。どうしてこんな不便で何もなか島に渡ってこられたのですか」

伊勢松の問いに興味があるのか、みんなの目が茂兵衛の方に視線が集まった。

「その昔、叔父の伊集院半兵衛という者が大久保様に大変お世話になったことのお礼と、その叔父も亡くなってしまったものですからその仔細の報告を兼ねてこちらに来ました」

茂兵衛は当たり障りのない範囲で来島の経緯を話した。

「それにしても遥か彼方の薩摩の国から、わざわざこの九州の離れ小島に来られるとは、さぞ大変でしたでしょうな。おいたちは海士と呼ばれているが、もっぱらこの島の周りを潜っているにすぎず、よその国のことは何んも知りません。良ければ、酒の肴に何か旅の思い出を語っていただけませんか」

伊勢松の横に座ってすっかり酔っぱらっている様子の佐吉という体格の良い若い海士から茂兵衛に聞いてきた。

めったに他国の人と交流することがない島人にとっては、他国の出来事や旅行話が何においても興味あることであった。

「八月の中頃に薩摩を出立し、肥後、肥前と国境を越えて、肥前呼子浦から伝馬を雇って宇久島の神浦港に入った次第です。長旅は初めての経験でしたが道中これといった困難もなく、世間は落ち着いた感がありました」

茂兵衛は、他国の人の何気ない発言が、この島では大きな問題となることがあるので、人と話すときは慎重に話されよと勘左衛門から注意を受けていたので、当たり障りのない話をした。そして、一呼吸おいて茂兵衛はかねてからの疑問に思っていることを聞いてみた。

「海士衆は年中休みなく海に出て潜るというのは本当ですか」

「真冬の海の荒れた三か月ほどは休むこともあるが、大方年中潜っているばい。昔からの教えでどんなに困窮しても魚釣りをしては駄目という掟があり、アワビだけで生計を立てなければならないことになっています」

伊勢松の語る海士の生活に茂兵衛は驚いた。船に乗って沖に出た海士は船の上から釣り糸を垂れることさえも許されない厳しい世界であった。

「アワビ漁は北の宇久島から城下のある南の福江島まで出かけていかれると聞きました。一回の出漁は何日ぐらいですか」

「さあ、夏の盛漁期になると一か月は戻ってこんたい。大体一隻の船に七人が乗り込んで、漁場に出ると四人が潜り、後の三人は船上で樽を回収したり、海士が浮上するときに重石の分銅を引き上げたりします。その間の生活は船の上ですばい」

宇久島の海士は、島を出て五島列島を南下しながら海士稼ぎすることを『五島行き』といった。これには浅場に潜る海士と深場に潜る海士の船があった。浅場に潜る海士の船を

『アサイグン』といい、深場に潜る海士の船を『フカイグン』といった。アサイグンは十尋（十六メートル）、フカイグンは二十二尋（三十二メートル）程潜った。

船は長さ四尋（六・四メートル）、幅三尺（九十一センチメートル）程で、帆はオモテとトモに一本ずつで、七人の海士が乗り組んでいた。時化の時は入り江に入って休むことも有るが、夜眠るときも船の上の生活であった。この五島行を年に二回繰り返し、残りは宇久島の長崎鼻辺りでの海士稼ぎであった。

「一人の海士は、一日でどれくらいのアワビを採るのですか」

真輔が疑問に思ったのか伊勢松に聞くと、

「さあ、人にもよるが大方、四貫目（十五キログラム）ぐらいは採るたいな」

茂兵衛は海士たちが島に持ち帰ってきたアワビの加工方法や売り先を聞いた。

「採ってきたアワビはどのようにして加工し、どこに売るのですか。よろしければ、アワビがどのような目的で採られ、またそれをどのようにして販売するのかを教えてもらえないでしょうか」

「この国では、アワビは古来より神聖なものとして神前に捧げられてきたもんたい。近頃では島にいる座という問屋を通して藩の船見役所に一括して買い取られている」

海士が採ってきたアワビは四斗樽に入れて塩漬けし、足で踏み固めながら真水を注ぎ足し塩分を取り除いていくことを繰り返す。次に大釜に真水を入れて加熱する。それを取り出しさらにセイロを何段か重ねて蒸すことを繰り返す。最後に蒸したアワビを天日で乾燥させなければならない。爪も立たないくらいにカチカチに乾燥させるためには一か月ほどを要する。この加工作業は島の女たちの仕事である。出来上がったものを明鮑《めいほう》という。藩はここで加工した干しアワビ（明鮑）を長崎の蔵屋敷に運ぶと、長崎奉行所から出島の唐人屋敷を通じて明国に輸出される。煎りナマコ、干しアワビ、フカヒレの三品は明人が殊の外好む食材で俵物三品と呼ばれて貴重な外貨を稼ぐ輸出品となっていた。

「よく分からんばってん、この島で採れるアワビは御公儀の貴重な商い物になっていると聞いたことがありますばい」

茂兵衛は驚いた。こんな小さな島から採れる干しアワビやフカヒレがこの国の貴重な稼ぎになっているという。しかし、日々の暮らしすらままならない海士たちにとってはそんなことはどうでもよかった。とにかく、藩が一文でも高く買い上げてくれさえすればよかと若い佐吉が言った。

一刻（二時間）近く海士の集まる小屋で酒を酌み交わしながら雑談に講じた。久しぶりに遠慮会釈のない会話が楽しく嬉しかった。そして何よりもこの島の生活の実態がよく分かってきた。

# 嫁とり

平村はこの島で一番大きな村だった。城ヶ岳の麓から緩やかに南に傾斜した丘陵地の先に、大きく東西に開けた砂浜が形成されていた。その砂浜の先には五島列島の島々が広がっている。小値賀島、野崎島、六島さらには中通島の魚目半島が一望できた。平村はその砂浜を前庭にしたように小さな海士集落や漁師集落さらには百姓家が点々と散らばっていた。大きく東西に開けた砂地の地形で、遠浅の海は大きな船を寄せるだけの水深はなく、浜には小さな船着き場としての石積みがいくつも見られた。大きな河川もなく、江端川や渡瀬川といった小川が砂浜に吸い込まれるように流れている。集落は、この砂浜に沿って東から西にかけて漁業に従事する堀川、向江、佐賀里、旦ノ上の四集落と町人や職人などの住む船倉、川端、松原の三集落があった。その奥に広がる平、山本、十川、針木といった集落は純然たる農村地帯であった。五島藩の代官所や押役所も置かれており、この島の経済活動の中心であった。

茂兵衛と真輔の二人は、心地よい浜風を受けながらゆっくりと狭い海岸の路地を歩いていた。

船倉という数軒の船宿や雑貨屋が軒を並べる集落を過ぎて西に向かって歩いていると、右手に島の中の神社にしては珍しく大きな鳥居と社が目についた。通りの人に聞くと神島神社といい、宇久家盛による創立というから古い歴史である。さらに神島神社の西を山側に数丁歩いたところには朱色の鮮やかな山門の奥に大きな本堂が見えてきた。山門の扁額には東光寺と書かれていた。これも宇久家盛による創建で代々の宇久家の菩提寺とのことであった。本堂の奥には宇久家七代にわたる墓石があり、二人は長い時間深々と頭を下げて手を合わせた。東光寺の西の道を挟んで、五島藩の宇久島代官所があった。その代官所前には屈強な足軽が六尺の警棒を持って門番を務めていた。支配地域に多くの島々を抱えている五島藩の中にあっても、宇久代官は最も格式ある代官所と位置付けられていた。

二人は海沿いの狭い道を西に向かって歩いて、下山という小さな船泊のある集落を目指した。ここにアコウの巨樹があるので是非足を延ばして見学したらと伊勢松から勧められていた。平村から半刻も歩くと目指すアコウの巨木があった。幹回り九間（十六・二メートル）、樹齢数百年のその巨木は枝から髭のような気根が幾筋も垂れ下がり独特な雰囲気を醸し出していた。

「薩摩にもアコウの木はありもすが、こげん大きなもんは初めてでごわす」

真輔は驚いた表情で思わず国の言葉を発した。

「なんとも見事なもんでごわすな」

茂兵衛も驚いた様子で、しばらくアコウの巨木の下で天を仰いで立ち止まっていた。宇久島はどこからでも島の真ん中にある城ヶ岳が見えるので方向や道を間違えることはなかった。

夕方近くに屋敷に帰り着いた二人は、いつものように帰宅の挨拶を勘左衛門にした。

「おう。帰ってきたか。今日はよか黒鯛《くろだい》が数尾手に入ったぞ。今夜はこん黒で大いに飲み明かそうや。それとわしから茂兵衛に大事な話がある。ひと風呂浴びたらわしの部屋に来てもらいたい」

風呂に入り、さっぱりとした二人は少し寒くなってきたので丹前《たんぜん》（綿入りの打掛）を着て勘左衛門の部屋を訪ねた。

すでに大久保様、奥方、長男の勘兵衛とその奥様、さと様と準備して待っていてくれていた。

座敷の食卓には伊万里の大皿に山と盛られた黒鯛の尾頭付き刺身が用意されていた。

「ささ。湯上りの一杯じゃ。ぐいーと行きなされ」

勘左衛門はすでに飲み始めていたのか、少し顔が上気していた。

酒は宇久島の南隣の島である小値賀島の笛吹から取り寄せていた。古くから漁業と商業の盛んな島で、小田、小西、亀屋、田口等の酒造業者があり、数多くの杜氏を抱えていて、冬場の仕込み時期になると九州各地に出稼ぎに出ていくほど酒造りが盛んだった。

「今日の黒鯛は上物ぞ。腹減っておるであろう。さあ、摘まんでください」

お椀の中には鯛のすまし汁があった。そのお椀を手に取ると何とも言えないうまさが口の中に広がった。

「今日は少し遠出してきました。平まで行き、海士衆から貴重な話を聞くことができました。帰りは下山まで足を延ばしてアコウの巨樹を見てきました。見事なもので驚きました」

「そうか。たまには遠出するのも気晴らしになるであろう。海士衆と話したか。彼らは気難しいところもあるが、いざとなればこれほど信頼できる者たちはいないよ。それより今夜は大事な話があるたい」

勘左衛門と奥方は改まったような表情で茂兵衛を見つめた。

「大事な話とはお前の嫁取りのことだ。お前ももうすぐ二十七で嫁取りには遅すぎるくらいの年だ。最初に聞いておくが、この地で嫁を貰うに差しさわりがあるかどうか。お前の考えを聞いておきたい」

茂兵衛はいきなり嫁取りの話となったので戸惑っていた。

「私はこの島に来てまだ三か月しかたっていません。その間、大久保様はじめご家族の皆様方には親にも勝る御恩をお受けしました。このような有難い話を頂き誠に面目次第もありません。私には何の異存もありません」

茂兵衛は素直に自らの気持ちを伝え、すべてを勘左衛門の差配に任せようと思った。

「そうか。この地で生きていく覚悟ができたか。それであれば話は早い方がよか。実は妻の里の親戚筋で古くからの百姓である甚吉という人の娘で今年十八になる娘がいる。この娘とお前を夫婦にしたいと思案している」

「大久保様にすべてお任せいたします。ただ、私にはいまだ仕える主や仕事といったものが何もありません。そのことが唯一の心残りです」

茂兵衛は今の心境をありのままに伝えた。

「そのことはわしも心得ている。お前の行く末をどうしたらいいのかと、わしもずっと考えてきた。この小さい島では仕事は漁師になるか百姓になるしか渡世の道はないこともよく分かっている。しかしお前は侍の子だ。侍は侍の道を行くのが本道と思っている。どうだ、わしの内侍として仕えぬか」

勘左衛門は茂兵衛を自分の家来として仕えないかといった。内侍とはあくまで主人は勘左衛門であって五島藩の正式な藩士身分ではない。つまり陪臣となれといったのである。

「祝言のことといい、またわが身の先行きのことといい、何から何までお世話になり、誠に有り難いことでございます。ただ今申し上げましたように、私には何の異存もなく、すべて大久保様にお任せいたします」

「分かった。お前は今日からわしの内侍だ、そうなれば家族同然だ。勘兵衛に弟ができたようなものだ。さて、そのことよりお前の祝言の段取りをせねばならない。すべてはわしの家内に任せたらよい。話がまとまれば事は急いだほうが良い。来月あたりの良い日に祝言を挙げたいものだ。それと真輔の元服も併せて行いたいものだ。烏帽子親はわしが勤めよう」

茂兵衛は勘左衛門の何から何まで行き届いた配慮と気配りにただただ恐縮するばかりだった。

「今夜は目出度い。さあ、どんどん飲んでくれ。目出度い。目出度いな」

勘左衛門はいつもより増して酒が進み、手拍子を打ちながら何度も何度も祝い唄を歌った。

十一月も半ばになると、この地方独特の北西の季節風が吹きはじめ、さすがに朝夕はめっきり寒さが増してきた。

大安吉日の十一月十四日、茂兵衛の祝言と真輔の元服の祝宴が行われた。朝から、真輔の元服の儀式が行われた。大久保家一同と茂兵衛が座敷に連なった。烏帽子親は勘左衛門である。武家では烏帽子を被せる役を烏帽子親といったが、江戸時代に入ると公家を真似た古い形式の元服は簡略化され、単に少年の名残の前髪を剃って月代にするだけになっていた。

真輔は前髪を落とし月代に剃り上げてもらうと見違えるように大人びて見えた。勘左衛門から贈られた新しい紋付と袴に着替えて、薩摩拵えの大小を差すと立派な若侍が誕生した。

夕刻近くになると今度は茂兵衛と新妻さきの祝言の準備が、大久保一家と親戚総出で行われた。大久保の屋敷は開け放たれ、二間続きの座敷は勘左衛門と甚吉の一族で埋まり、台所の板の間には近所の村人で溢れた。その台所の竈ではセイロが何段も重ねられて赤飯が炊かれ、数ある伊万里の大皿には鯛やブリなどの魚と伊勢海老やタコ、イカなどが並んだ。山芋・里芋・昆布・つわぶき・大根などの野菜の煮しめが大量に作られた。幾つもの折箱の中にはめったに食べることができない、赤飯が詰められていた。

裃姿の茂兵衛は一人床の間を背に座っていた。その横にはまだ誰も座っていない花嫁の白い座布団が用意されていた。やがて陽も落ちようとする頃になった。

大久保屋敷の門の両脇には松明が赤々と焚かれ、屋敷の周りにはいくつもの提灯がともされた。しばらくすると白無垢姿の新妻が中間の庄助の引く馬に乗せられて座敷の横から入ってきた。勘左衛門の奥方は、馬から降りた花嫁の手を取り茂兵衛の横に座らせた。ふすまを取り払った座敷の中は何本もの蝋燭の灯りで昼のように明るかった。茂兵衛は角隠しで隠れよく見えない新妻の赤く火照った顔を初めて見た。

茂兵衛はこの婚儀に際して、これまでの伊集院の姓を捨てて、新たに山田と姓を変えて、宇久島で生きていく覚悟を決めた。

そして、身も心も生き様もすべてが生まれ変わることをわが身に誓った。

松明で明るく照らされた庭先には、勘左衛門の歌う祝い唄と祝宴のざわめきがいつまでも聞こえていた。

高砂やこの浦舟に帆を上げて
この浦舟に帆を上げて
月もろともに出潮《いでしお》の
波の淡路の島影や　遠く鳴尾の沖すぎて
はや住之江に着きにけりー

## 薩摩との因縁

梅の木から嫁いできた新妻の名は「さき」といった。

勘左衛門は若い二人のために、屋敷の近くに一軒の百姓家を用意してくれた。元服した真輔は勘左衛門の離れに住み、勘左衛門一家の雑用など身の回りの世話をするようになった。

新居の片付けも終わり、やっと落ち着いて二人だけの生活が始まった頃だった。勘左衛門が中間の庄助に羽織袴一式と樽酒を持たせて夕刻を見図ってやって来た。

「御免。茂兵衛はおるか。わしだ」

小さな玄関先で勘左衛門の呼ぶ声がしたので、妻のさきは慌てて身支度をして玄関先に平伏した。

「これは旦那様。その節はお世話になりました。主人茂兵衛ともどもお礼申し上げます」

「そんなことはどがんでんよか。茂兵衛はおるか」

茂兵衛は自宅裏にある小さな畑で大根と麦を植え付け中であった。いつまでも大久保様の世話になるばかりではいけないので、自分たちで食べる食料を多少でも作ろうと、妻の父甚吉から教わっている最中だった。裏庭の盥《たらい》で手足の泥を急ぎ落すと、さきに命じて急ぎ身支度した。

「これは旦那様。祝言並びに真輔の元服の儀は何から何までお世話になり有難うございました。すっかり、生活も落ち着き今日は百姓の真似事を義父の甚吉から教わっていました」

と最近の様子を伝えると、勘左衛門は嬉しそうに首を上下させた。

「今日はお前が人前で恥をかかないよう、また侍としての嗜みとして、羽織袴を持ってきた。この島では常日頃は着ることもないであろうが、何かの節目の時に着るがよい。これは親代わりと言っては何だが、わしからのささやかなお祝だ」

目の前にある桐の箱に入った和紙を取り除くと、濃紺の久留米絣で仕立てられた立派な着物一式が添えてあった。

「誠にもって、何から何まで御世話いただき、なんとも返事のしようがございません。ただただ旦那様の御恩に報いられるようこれから精一杯に精進していくばかりです」

「何を言う。これからはわしの方が何かとお前の世話にならなければならぬ、気にするな。それより、今日は飲み明かすぞ。詳しく話していなかった伊集院半兵衛殿との関わりなども話しておくべきと思っていたところだ」

これまで幾晩となく勘左衛門の晩酌の共をしてきたが、面と向かって叔父半兵衛のことを話すことはなかった。

新妻のさきは気を効かせて小さな奥座敷にささやかな酒宴の用意をしていた。茂兵衛は上座に勘左衛門を座らせると、すぐに勘左衛門の湯飲み茶わんになみなみと濁酒を注いだ。

勘左衛門はうまそうに一口酒を飲み干すと、とうとうと話し始めた。

「そもそもわが藩と薩摩藩の関わりは、天下統一を果たした太閤殿下の薩摩征伐に始まっておる。天正十三年に四国の長曾我部元親を降伏させた太閤殿下は天下統一の総仕上げとして九州征伐に取り掛かった」

戦国時代の九州は長く豊後の大友氏、肥前の竜造寺氏、薩摩の島津氏の三者による支配が続いた。その中で最も大きな領土を持つキリシタン大名の大友宗麟は、天正六年に日向の「耳川の戦い」で島津に大敗し、肥前の竜造寺隆信も天正十二年の「沖田畷の戦い」で島津勢に討取られて、九州は薩摩の島津義久に歯向かう者はない情勢になりつつあった。

太閤はこうした不安定な状況を安定させようと、大友氏と島津氏に停戦を命じ九州の国分を指示した。

島津領　薩摩・大隅・日向・肥後半国・豊前半国
大友領　筑後・豊前半国・肥後半国

豊臣領　筑前一国

とする案であったが、島津は秀吉の風下には立てないとのことで和平交渉は決裂した。

この機を見て、島津は一気に九州全土の支配を目指し筑前に軍を進めた。

すでに徳川家康を臣従させ関東を抑えた太閤は、天正十五年の年賀の席で九州平定を諸大名に命じた。

「この島津征伐の報をいち早く堺の小西行長様から聞いていた大浜玄雅様は島津義久様に伝えた。しかし、太閤秀吉軍二十万の大軍の前に島津勢は抗すべきもなかった。四月二十九日には降伏の使者を送って、島津義久様は剃髪して正式に降伏した。

この結果、島津義久に薩摩、義弘に大隅、家久に日向の一部が与えられ、旧来の九州の大名である竜造寺には肥前、そのほかの小大名である松浦・大村・五島・有馬・宗などにはそのまま旧領が安堵された」

天下統一の夢を果たした太閤殿下の野望は東アジアの征服へと拡大した。文禄二年にはその先ぶれとして第一次朝鮮出兵が始まった。

「この五島からも総大将の小西行長勢七千人を筆頭に松浦鎮信《しげのぶ》勢三千、有馬晴信勢三千、大村喜前勢一千、五島純玄《すみはる》勢七百、都合一万九千七百人の第一陣として出兵した。むろん、わが兄の大久保主殿家次も五島純玄（朝鮮出兵を機にこれまでの宇久姓から五島姓に変えた）様の陣に加わり深江の石田浜から勇躍して海を渡ったのだ」

勘左衛門の話は武門の家に生まれた侍として、薩摩でも年寄り衆から幾度となく聞かされていたが、小さな西国の小名に過ぎない五島藩の立場で聞くと薩摩と違って大きな力の前にいかに無力であるかがよく分かった。薩摩での夜話で聞かされたことは、四月十三日の侵攻開始から日本軍は破竹の勢いで侵攻し漢城を攻め落とし、七月には平壌城をも落した。しかし、日本軍の勢いもここまでだった。李舜臣《りしゅんいん》率いる朝鮮水軍に南朝鮮の制海権を奪われた日本軍は、食料や弾薬の補給を絶たれてしまった。さらに朝鮮からの援軍要請を受けて明軍が参戦すると日本軍は持ち堪えられなくなり膠着状態に陥った。文禄三年になると明軍は新たに四万三千人の大軍で平壌に駐留していた小西軍を攻撃してきた。三月に日本陣営の軍勢を調べてみると総数五万三千人余で五割以上の戦死者を出し、散々な有様となっていた。そのため、加藤清正に捕らえられていた朝鮮王子二人を釈放し、日本軍は釜山に撤退した。総力を釜山に結集した日本軍は、前回の戦で落とせなかった普州《しんしゅう》城の再攻撃を行った。先鋒が加藤清正、次鋒が小西行長、三番隊以下に伊達政宗、黒田如水などの武将で構成されていた。難攻不落の普州城の攻略は激烈を極め、八日を費やしてやっと攻落とした。ここで日本軍は和議を提案して、一部の駐留部隊を残して順次帰国させ休戦状態になった。

　新妻のさきは勘左衛門の好物である小鰺《あじ》を油で揚げて酢漬けにした料理を出していた。このあたりの農家では夕食の添え物として小鰺は毎日のように食べるのである。ちょっとした時間があれば近くの海岸から釣り糸を垂れるといくらでも小鰺が釣れた。

　勘左衛門は、上手そうに小鰺を口に運びながら再び話し始めた。

「休戦状態といえども、九州の武将を中心に釜山周辺に駐留させられた。この時わが五島陣営では、領主の五島純玄様が病死するという不幸に見舞われた。純玄様はまだ若く、お子がなかったため、その後継を巡って一部では毒殺されたとの噂もあって、陣中に動揺が走り混乱に陥ったのだ」

「陣中で主君を亡くされてさぞ大変でございましたでしょう」

「そうだ、陣中で主君を失い家臣の動揺は大きいものだったが、ことは急がなければ益々混乱に陥るため、総大将の小西行長様に善後策を相談したのだ」

　総大将の小西様は「後継を速やかに決めなければ家臣の動揺が増すばかりであろう。しかし、名護屋からの裁可を待つ時間もない。ここは侍大将の大浜玄雅を後継にしようではないか」といった。これに対して玄雅様は即座に辞退したのである。

「私は一時キリシタンに帰依し、父や叔父の意に逆らって跡目を争い、五島の島にひと騒動を起こし長崎に逃れた身です。その折、島津義久様の御取成しでやっと帰参が許されました。そんな私が跡目を継ぐとなると禍のもとになります」

といって跡目相続を辞退した。

小西様も困り果てられ、「何か良策はないものか」と侍大将の平田甚吉に聞くと「純玄様の血族に宇久八郎兵盛長という者がいます。この度の出兵に伴って五島で留守居役をしています。この盛長様の嫡子に二歳になられる兵部という子がおり、この兵部を玄雅様のご養子にすれば家臣一同心服するものと思われます」と進言した。するとこの案が次第に支持されてきたため、玄雅様は島津義弘様に相談されたところ「御受けなされよ」とのことだったのでやっと衆議も収まった。平田の案は純堯様、玄雅様と二代にわたってキリシタンに帰依された方が続いたため、五島は反キリシタン勢力の筆頭であった幾久山城主の宇久盛重の一族とキリシタン勢力の玄雅一族との間で跡目争いがくすぶっていた。この跡目争いに敗れた玄雅は一時五島から追われ七年もの間長崎に逃れていた（現在の長崎市五島町）。最終的には薩摩の島津義久様の取成しで五島に帰ってきている。平田の案は宇久盛重の子で実力者の盛長を取り込む最良の提案だったのであるが、後年養子の兵部（後の二十二代盛利）は五島家の正当な後継者ではないとの玄雅の第一養子大浜主水から江戸表への訴えがあったことから骨肉の御家騒動となっていく。

慶長二年（一五九七）、朝鮮との和平交渉が行き詰まると、太閤殿下は再び十四万人に及ぶ将兵を朝鮮半島に送った。蔚山《いさん》城、順天城と激戦を繰り返し一進一退の泥沼の戦いを繰り広げていた。ところが、慶長三年八月になると肝心の太閤秀吉様が亡くなった。日本軍は太閤殿下の死をひた隠し、密かに撤収の準備に取り掛かった。九月になると明、朝鮮連合軍は十一万の軍勢で加藤清正の蔚山城、島津義弘の泗川《しせん》城、小西行長の順天城を総攻撃してきた。なかでも小西行長の守る順天城は水路を制圧され孤立無援の状態に陥った。これを知った島津義弘様が援軍を差し向けたことにより、やっとのことで撤収することができた。

「この島津の援軍のおかげで五島・大村・松浦・有馬勢も無事に故郷に帰ることができたのである。わが五島藩は数度にわたって薩摩藩のお力添えのお陰で窮地を脱してきたことから、何か事あれば薩摩藩の意向を伺う不思議な因縁ができてしまったのだ」

勘左衛門は薩摩藩との関わりについて茂兵衛にわかりやすく話してくれた。ちなみに薩摩藩との因縁は幕末維新時に支藩富江三千石の吸収にあたっても、維新のどさくさに紛れて薩摩の家老であった小松帯刀、岩下佐治右衛門、島津主殿や大久保利通、本田杢兵衛といった有力家臣への贈賄工作を強引に推し進めてこれを実行させている。本田杢兵衛などは維新後も薩摩から派遣されて、廃藩置県による福江県の廃止まで駐在して富江の抑えとして睨みを利かせた。

## 大坂の陣

茂兵衛は勘左衛門の話を聞いているうちに、この島の重要な局面にたびたび薩摩の因縁が絡んでくることの不思議さを思った。

慶長三年八月十八日に豊臣秀吉が亡くなると、五大老筆頭の徳川家康の専横がめだつようになり、石田三成と家康の権力闘争が始まった。

慶長五年（一六〇〇）には関ケ原で東西二十万人の陣営による天下分け目の大決戦が行われた。結果は徳川家康の大勝利であった。五島藩をはじめとした西国の中小の諸藩は朝鮮の役での兵員の消耗が激しく関ケ原の大戦《おおいくさ》に日和見を決め込んでただただ成り行きを見守るしかなかった。それでも遠方の小藩ということで大半が旧領を安堵された。

その家康は征夷大将軍となり、江戸幕府を開いた。

慶長十年には、家康が息子秀忠に将軍職を譲ったことで、天下は徳川家のものと公に示す形になった。このことは豊臣家の孤立を一層深めていくことになった。

「わしと伊集院半兵衛殿との出会いはその頃だった。殿から命じられて大坂の蔵屋敷の普請の件で土佐堀川の南岸にある薩摩藩の蔵屋敷を訪ねた。その時に薩摩のお歴々を紹介されたひとりに半兵衛殿がいた。何回かお会いするうちにすっかり旧知の仲になった。半兵衛殿はわしより十ばかり年長であったが、急に親しくなったのは半兵衛殿が朝鮮の順天城攻防の折にわしの兄者とともに戦ったということで何かとお世話していただく仲になったのだ」

茂兵衛は人の縁《えにし》の不思議さに驚いた。薩摩と五島と遠く離れて本来ならば決して巡り合うことがない勘左衛門の兄者と半兵衛殿が、異国の地で命のやり取りをしていた。

関ケ原の戦のあとは天下も収まり、誰も徳川に弓を引く者はいなくなった。しかし、依然として大坂城には豊臣秀頼が居座ったままだった。大坂は日本の中心に位置し、交通や海運の便に優れていることから商いの中心になろうとしていた。商いが盛んになると各藩は一斉に蔵屋敷を建て始めたので、大坂城の北を流れる大河の淀川両岸周辺は海運の便が良いということで大層な発展ぶりになった。五島藩でも状況は同じだった。

そんなとき、京都の方広寺の大仏殿が完成した。その釣鐘に刻まれた「国家安康」「君臣豊楽」という文字が家康の名前を分断して呪い、豊臣の繁栄を願ったものとして問題視された。家康はこれを幸いと

一、秀頼に江戸参勤させること
二、淀殿を人質として差し出すこと
三、国替えして大坂から退去すること

という三つの条件を出してきたことから徳川と豊臣の対立は決定的となった。

慶長十九年十一月になると豊臣方は密かに豊臣恩顧の大名に声をかけて戦の準備を始めたが、もはや徳川の盤石な体制に異議を挟む大名はなく、真田信繁（幸村）、後藤又兵衛、長曾我部盛親、明石全登《てるずみ》、毛利勝永、塙団右衛門、木村重成をはじめとする関ケ原の合戦後に牢人となっていた者などを中心に約十万人が大坂城に集まった。豊臣家が再び天下人になるために、徳川方と大戦《おおいくさ》を始めるとの噂から全国から主を失った牢人者が集まってきた。十二月十九日にはその戦端が切って落とされた。大坂方の作戦は秀吉が作った難攻不落の大坂城に籠城することだった。大坂城は上町台地という堅固な岩盤の上に建てられており、周囲は延々と深い外堀を巡らせていた。北は淀川が満々と流れ、東には大和川の支流平野川が南北に流れており、西側は淀川から引き入れた掘割が縦横に巡らされていた。攻略するには南側の天王寺口から攻めるしかなかった。その南側の守りには真田丸という出城を築いて真田信繁が守りを固めた。籠城と決した大坂方は北の淀川の堰を壊したため、城の東側一帯は満々とした巨大な湖と化した。

徳川方は水に浮かぶ巨大な大坂城を攻めあぐねたため、大坂城の北側一里ほどの距離にあった長柄の堰をせき止める作戦に出ると、大坂城の東側の水没地域からみるみると水が引き出した。水が引いた東側の湿地帯からオランダやイギリスから購入した射程五百メートルの大砲で一斉に城に向けて放つと大坂城は大混乱になった。これで戦意喪失した秀頼は和平交渉へと態度を軟化させていった。

徳川方が和平の条件として示したのは、大坂城を残して二の丸、三の丸を破却し、そのうえで堀を埋め立てることだった。

豊臣方はこの和平条件を呑むしか生き延びる道はなかった。しかし、仕官先を求めて集まった牢人共にとっては、大坂を立ち退いて他に行く場所がなかったのである。

そんなことから冬の陣が終わってからも市中では牢人者の一般住民への狼藉が頻発し、埋め立てられた堀を掘り起こそうとする動きがみられた。徳川方は牢人問題こそこれからの太平を脅かす元凶だと捉え、今すぐに牢人者を立ち退かせるか、豊臣の国替えのいずれだと強固な条件を示してきた。しかし、大坂市中には大量の牢人者が三坪ほどの陣小屋をいたるところに建てて住み着き、そこから立ち退こうとしなかった。牢人にとっては戦がなければ生きていくすべがなかった。いわば大坂の陣は「牢人者対徳川幕府」の争いの感に趣を呈してきていた。

結果的に豊臣方が大坂からの移封を断ったことから交渉は決裂し、慶長二十年（一六一五）四月から大坂夏の陣に突入した。しかし、難攻不落の大坂城であっても堀を持たない城での籠城に勝ち目はなく、野戦での戦い方に作戦を変えていった。失うものがない牢人集団は八尾・若江の戦いで木村重成、道明寺の戦いで後藤又兵衛、天王寺・岡山の戦いで真田信繁を失うと、数で圧倒する徳川方に徐々に攻め立てられていった。生と死が一瞬に交差する野戦での戦いから徐々に撤退して再び大坂城に引き返すも、密かに城内に潜入していた徳川方の間者から火を放たれると大混乱に陥った。

「上様。お急ぎください。まもなく城が落ちます」

「嗚呼。城が落ちる」

秀頼と淀殿は炎に包まれ、どこまでも巨大な黒い煙を上げている城を呆然としてしばらく見上げていた。

難攻不落と思われていた大坂城が今まさに落ちようとしていた。

秀頼は真田大介や明石全登などの少数の側近に守られながら、非常の際の避難先である京橋口寄りの山里曲輪を目指した。

見上げると紅蓮の炎が夜空を赤々と照らし、勢いを増して天守を焼き尽くそうとしていた。

## 薩摩への下向

慶長二十年（一六一五）五月八日、山里曲輪に追い詰められた秀頼一行に対して、徳川方は総攻撃を開始するように命じた。鉄砲の激しい乱射の後、松明が建物に投げ込まれて火が点けられたため、あっという間に曲輪は燃え上がった。秀頼と母淀殿は建物から一歩も出られなかったので、大野治長ら側近と自害したものと見做された。この時秀頼と共に自害したとされる家臣は次の通りであった。大野修理大夫、同信濃守、速水甲斐守、堀対馬守、毛利豊前守、真田大介などの諸将の他に大蔵卿、右京大夫、宮内卿などの女性を含めて三十二人とされているが、肝心の山里曲輪は丸焼けで、遺体の特定はできず、首実検もできなかった。

秀頼の嫡男国松（六歳）までも京都伏見で隠れているところを発見され、四条河原で首をはねられた。

ここに大坂夏の陣は終息し、豊臣家は滅んだ。

「茂兵衛よ。今まで話してきたことは薩摩でもよく聞かされてきただろう」

「はい。薩摩でも小童《こわっぱ》の頃から幾度となく聞かされてきました。しかし、秀頼様は生きて薩摩に逃れてきました。私は叔父の半兵衛に勧められて八歳から上様の小姓として御屋形に上がりました。上様はまことに大きな体躯で聡明な方でした」

「そうか、ご無事で薩摩にご下向されたのだな」

　勘左衛門は秀頼一行の暮らしぶり気になる様子だった。

「最初は極めて少ない人数で山間《やまあい》の谷村という土地に入られました。そこは古くから伊集院一族の知行地でした。上様はそこの庄屋屋敷をお館としました。しばらくすると、大坂から旧家臣の一団が続々と薩摩に逃れてきました。谷村の古くからの村人たちは、新たに居ついた旧家臣の集団が住む地域のことを「木下村の衆」と呼ぶようになりました」

「それだけの人々を密かに受け入れる薩摩の方も大変な苦労があったことであろう」

　勘左衛門は何度もうなずきながら、秀頼一行がどうやって山里曲輪から脱出したかを語り始めた。

「わしは藩の蔵屋敷の普請や大阪商人との商い方を兼ねて大坂の陣の前には何度となく国許と大坂を行き来しておった。そこでの相談相手は決まって薩摩屋敷の伊集院半兵衛殿だった」

　その頃の大坂は関ケ原で主を失った多くの牢人者が再びの功名を求めて全国から集まっ

てきていた。徳川方の度重なる脅しや威嚇に我慢できなくなった豊臣方は大坂城に立て籠り徳川方と一戦を交えることになった。世にいう大坂冬の陣、夏の陣と続いた。薩摩の立場は微妙だったが、とりあえず徳川方に与して大坂城の北の京橋口あたりに布陣した。

冬の陣の後には、豊臣方は外堀から内堀まで埋められて丸裸となって追い詰められて夏の陣を迎えた。

「そんな時、大坂にいたわしに半兵衛殿から呼び出しがあった」

勘左衛門は自然に気持ちが昂るのか、何度となく盃を口に運んでいた。そのたびに妻のさきは黙ってお酌をしていた。

「土佐堀の薩摩藩蔵屋敷に密かに呼ばれたので、夜分人目を避けて伺うと、半兵衛殿から驚くような相談を持ち掛けられた。それは、大坂城がいよいよ落城の時は、薩摩の方で秀頼様一行を救出する計画があるというのであった。わしは頭が混乱した。薩摩藩は徳川方として城攻めを行っている最中ではないか」

ことはあまりにも重大であった。このように重大な事柄を小大名の一家臣に打ち明ける半兵衛殿の心の内が理解できなかった。

「伊集院殿、余りの事に何と返答したらよいか言葉がござらぬ」

わしがなんとも不思議な顔をしているので伊集院半兵衛は薩摩藩がそのような判断に

至った理由を次のように説明した。

「驚かれるのも無理もなかたい。先代の殿島津義弘公は関ケ原での西軍総崩れのなか家康本陣近くを少人数で敵前突破して命さながら薩摩に帰国した。この時の千五百の兵がいたが、敵中突破して薩摩に無事に帰ってきた者は僅かに五十人ほどだった。この関ケ原の無念の思いと悔しさは長く薩摩武士の反骨精神として残り申した。薩摩では臆病な振る舞いは最も嫌われもす。村々の郷中教育でも兵子たちにこのことは繰り返して教え、徳川への警戒を怠らなかった。そのことから豊臣方にお見方する気持ちが強かったのですが、如何せん天下の大勢が決した今となっては、徳川方に与するしか生き残る道はないと判断され、今回の戦に加わっているとです。また、数日前に真田信繁（幸村）様からの密書でわが殿へ伝えられたことは、秀頼様は何としても豊臣の名をこれからも残したいと強く望んでいるということであった。わが殿島津家久公は、わしを含めた側近の者共に、大坂城落城の折には何としても秀頼様の御命を救えと命じたのでごわす」

勘左衛門は驚いた。薩摩が天下の大勢が決した今となって、なぜ藩の存亡にかかわる重大事に臨むのかが分からなくなった。万一、ことが漏れたらお家取り潰しの憂き目にあうことは明らかである。まして、いかに親密な仲とはいえ、他藩の者にかくも重大なことを打ち明けなければならないのかが分からなかった。

「もう少し詳しくお話しもんそ」

半兵衛は勘左衛門の前に膝をにじり寄せた。

「いずれ大坂城は落ちることは明らかである。わしは昨日の晩、大坂方の明石全登殿と密かに密談した。さすがに太閤殿下がお造りになった天下に誇る名城である。城の地下はいくつもの抜け道が巡らされていた。明石殿は元宇喜多家の家老で敬虔なキリシタンであった。秀頼様の側近でありながら、数万の敵が囲んでいる中をたやすく城を抜け出してきた。そこで秀頼様がどんなことがあっても豊臣の名を残こそうとしている事実を知った。大坂城に万一の事態が生じた場合には、京橋口の近くにある山里曲輪に避難されることになっていた。そこは北側に淀川の水路があり、東は京橋口でわが陣地である。明石殿によると山里曲輪の抜け道は京橋口に通じる道と北の淀川の水面下をくり抜いて対岸の天満川の上流左岸近くの備中島に通じる二つの道があるとのことだ。大久保殿にご尽力願いたい相談というのはこれから先のことでごわす」

半兵衛はここで大きく呼吸を整えて、勘左衛門の表情の変化を伺っているように見えた。

「天下の大事に小藩の某《それがし》に何ができるか分かりませんが、某にできることであれば助力することはやぶさかではござらぬ」

「それは忝《かたじけな》い。では、貴殿に果たしてもらいたい役割についてのあらましを話しもんそ。

恐らくこの二三日の内に大坂城への総攻撃が始まるだろう。冬の陣で明らかのように徳川方は大砲で徹底して攻撃してくるので、城は火の海になり落城は時間の問題であろう。そこからが貴殿に果たしてもらいたい役目でごわす。いざ、城が落ちようとする事態になったら、秀頼様と側近の一部は山里曲輪に避難する手はずになっている。おいは、京橋口の抜け道からこの山里曲輪に侵入して、明石殿の指示に従い、別の抜け道から秀頼様以下数人を天満の備中島にお連れすることになっておる。そこで大坂城に火の手が上がったら、貴殿は伝馬船二隻を引き連れて備中島の南端の茂みに潜ませて、待機していて貰いたいのじゃ。貴殿からよく五島の水練の巧みさを聞かされていたことから、何としても大久保殿の加勢を得たいと思っておった。秀頼様一行をその伝馬船に乗せて安治川口に待機している薩摩の軍船まで御連れしてもらいたいのだ。本来ならば、わが藩ですべてを差配できればいいのだが、大坂屋敷に水練の巧みな水主《かこ》もなく、また万一薩摩の企てと身元が判明すれば重大な裏切り行為となる。誠に身勝手で危ない仕事であり、貴藩の先々にも類が及ぶことも危惧されるが何としても引き受けてもらいたい」

伊集院半兵衛は秀頼公退却のあらましの全てを勘左衛門に打ち明けた。

「分かりました。伊集院殿のご指示通りに致しましょう。ただし、このことはあくまで拙者の一存でわが殿にも知らせません。何かあっても、全てはこの大久保勘左衛門の胸の内で収めましょう」

半兵衛は勘左衛門の武士としての一存を確かめると、勘左衛門の両手を固く握りしめた。

伊集院一族は、薩摩国日置郡伊集院村から出た島津一族である。南北朝の頃から南朝に与して南薩摩一帯を支配した。豊臣秀吉の薩摩征伐により島津一族の内紛があり、島津の筆頭家老であった伊集院忠棟は、秀吉から日向国都城に八万石を賜った。このことから伊集院の勢力拡大を恐れた島津本家の忠恒は忠棟を惨殺した。これが「庄内の乱」と言われる内乱に発展していった。島津義弘はこの乱の影響を受けて関ケ原の戦には少数の出兵しかできなかった。庄内の乱後、忠棟の息子伊集院忠実が徳川家康の仲介で頴娃《えい》に一万石を与えられていたが、慶長七年には日向の国野尻で狩りの最中に惨殺されている。

伊集院半兵衛はこの伊集院一族の血を引いた薩摩の重臣であった。

「わしは、大坂城に火の手が上がるのを見届けると夜陰に紛れて二隻の伝馬船に雨除けの筵を覆って、備中島の柳の枝の下の茂みに船を隠した。五月七日の夜更けに半兵衛殿が誘導するような形で十人ほどの一団が現れた。暗闇の中で「ジュウ」「ジュウ」と何回か呼ぶ声が聞こえた。半兵衛殿が「十《じゅう》」と問うてきたらこちらは「五《ご》」と答える手はずになっていた。ジュウは薩摩の十文字の略で、ゴは五島の五である。わしは静かに「ゴ」と答えた。

お互いに何も話すことはなく、静かに伝馬船に分かれて乗るように案内した。外見は見すぼらしい格好をしているが、その中の一人に大層偉丈夫な若い貴人風の人がいた。わしは直感でその方が秀頼様と気づいた。五人ずつ小舟に横向けに寝させてその上から筵で覆った。全員が乗り終えると提灯もつけず静かに備中島の岸を離れ、淀川を二挺櫓の伝馬船で急いで下った。

大坂の北東から南に向けて市中に入った淀川は、大坂城の北東にある備中島付近で大きく西に流れを変え大川と呼ばれ、そこから中之島で南北に二分されるとそれぞれ堂島川と土佐堀川に分かれるが再び合流して川口に至ると安治川と名前を変える。

「ギィー」「ギィー」と櫓のきしむ音だけが暗闇に響いていた。二隻の伝馬船は天神橋を抜けるとより目立ちにくい北を流れる堂島川に入った。大藩の蔵屋敷が立ち並び、普段は人気もなく真っ暗闇のはずが、大坂城の炎上の炎があたりをかすかに照らしていた。半時ほどで安治川口に着くと、大きな櫓を持つ薩摩の軍船がこうこうと明かりを灯して待機していた。わしの役割はここまでだった」

薩摩の軍船に乗り移った秀頼一行は、すぐに帆を上げると大坂湾を横断し淡路島の南沖から紀州の雑賀埼で夜を明かし、翌日早くから阿波の国宍喰港沖を目指した。ここまで来ると追手の心配もなくなり、秀頼一行はやっと枕を高くして眠ることができた。翌日には土佐浦戸港さらにその翌日は土佐の国最西端の中村港を目指した。中村で二日ばかり風待ちして一路豊後水道を横断し日向の国佐土原を目指した。佐土原からはそのまま大隅半島を迂回して、七日後には薩摩の国の錦江湾を望む谷山という鄙びた集落に密かに上陸した。

## 福江行き

寛永十四年、茂兵衛は宇久島での暮らしも二年目を迎え、落ち着いた日々を送っていた。妻さきとの二人だけの初めての正月も迎えることができた。畑での野菜作りも板につき、夏には大根やネギなどの収穫もできた。旦那様の知行地からの年貢収納や村の百姓衆との関係にも慣れて、毎日が充実していた。

やがて、季節は秋から冬に移ろうとした頃だった。

十一月一日の夕刻のことだった。裏の畑で妻と二人で麦踏をしていた時だった。中間の庄助が慌てた様子で、大久保勘左衛門からの伝言を持ってきた。

「山田様。旦那様が今すぐに屋敷に来るようにとのことです」

今時分何事かと気がかりであったが、取り急ぎ着替えを済ませると約八丁（八百七十二メートル）離れた大久保屋敷に向かった。

「おう、来たか。早く上がれ」

勘左衛門は落ち着きなく茂兵衛を奥の座敷に通すよう家人に命じた。

「たった今、福江城下から火急の文が届いた。それによると十月二十五日に島原の松倉領内で大規模な百姓一揆が起きたらしい。発端はキリシタン宗徒の改宗や過酷な年貢取り立てに反対する一揆のようだ。厳しい年貢取り立てに耐えかねた島原領民は、改易された小西行長や有馬晴信、加藤忠広の旧家臣を中心に組織されて、これまでにない規模の一揆とのことだ。江戸にいるわが殿も急ぎ帰国するとのことだ。いずれにしても大変なことになった」

勘左衛門は興奮した様子で、藩からもたらされた島原の一揆の内容を茂兵衛に話した。

「いずれわが藩にも一揆鎮圧の人員の割り当てが来るであろう。その前に福江に渡って戦の準備をせねばならない。この文では十二月五日までに戦支度を整えて福江の石田陣屋に来るようにとある。宇久からはわしと茂兵衛さらには親戚筋の侍五人ほどを引き連れていく。如何せん宇久島から城下のある福江までは海上二十一里ほども離れている。まして、冬のこのあたりの海は渡航もおぼつかない荒海である。早速だが茂兵衛、平の海士を訪ねて少し大きめの四丁櫓の伝馬船二隻を借り受けておけ。それに腕の良い海士八名を雇い入れておくことだ」

勘左衛門はてきぱきと福江城下に向かう段取りについて茂兵衛に指示した。

翌日朝早く起きた茂兵衛は、急ぎ平の海士頭伊勢松を訪ねた。伊勢松は潮の加減が悪いのか、漁に出ることもなく自宅で朝飯を食べている最中だった。

「おう。伊集院の旦那、いや山田様。こんなに朝早くから何事《なんごと》ですか」

「悪いが、上がらせてもらうよ」

と言うなり茂兵衛は、勝手に小さな玄関口から伊勢松の家に上がり込んだ。

「十二月三日までに四丁櫓の伝馬二隻と海士の漕ぎ手八名を手配して貰いたい。行先は福江の城下だ」

茂兵衛が要件を伝えると、伊勢松はしばらく黙っていた。

「旦那。冬の五島灘の恐ろしさをご存じないようですな。今時分、福江までの渡海は命がけですよ。旦那のご様子から大久保様からのご下命かとは思っちょりますが……」

「頭、何も言わずに二隻の伝馬船と漕ぎ手八人を手配してくれんね」

茂兵衛はここぞとばかり丹田に力を込めて伊勢松を睨んだ。

どうしたものかと、しばらく躊躇していた伊勢松は意を決したように茂兵衛を睨んだ。

「旦那分かりました。私どもは藩から何かとお世話になっている身です。これもご奉公のひとつです。旦那のご様子から抜き差しならぬご用件ができたのでありましょう。十二月三日の早朝までに伝馬二隻と漕ぎ手八人ば間違いなく手配いたしましょう」

「忝い。急な頼み事で誠に相済まなかった。仔細はいずれかの機会に詳しく話そう。とにかく、宇久島の侍衆七人を福江城下に無事に運んでもらいたい」

伊勢松と別れて村に帰ると、勘左衛門の屋敷で遅くまで島原で起きたキリシタン一揆と福江への渡海について話し合った。

寛永十五年十二月三日の早朝、各々旅支度を終えて全員が大久保屋敷に集合した。

茂兵衛はさきと祝言を挙げてからまだ一年ほどしか経っていなかった。

「福江に行ってくるよ。福江から島原に渡って、キリシタン一揆衆との戦だ。留守中に何事かあれば真輔に相談することだ」

「旦那様のご武運をお祈りしています。どうか、ご無事で帰ってきてください」

さきは、武家の妻らしく両手で大刀を持ち黙って茂兵衛を見送った。若い二人にとってこれが最後の別れになろうとは無想だにしなかった。

大久保屋敷に集まった面々は、大久保勘左衛門以下親戚筋の侍五人と茂兵衛合わせて七人だった。外気こそこの時期の寒さが身に染みるものの日和は好天気であった。この分では外海もそんなに荒れてはいないだろうと言いながら、一行は平村の船着き場に向かった。

港には伊勢松ほか七人の海士の漕ぎ手が褌一丁にドンザ（古着を何枚も重ね合わせた防

寒着）を羽織っただけの姿で待っていた。大久保勘左衛門から片言の挨拶があった。茂兵衛は素早く鎧兜などの武具を積み込むと、水主一人一人に弁当を配って労をねぎらった。

朝六ツ半（八時）までに全ての準備が整うと平の小さな船着き場から二隻の伝馬船は漕ぎだした。

船はこのあたりで天戸船と言われる仕様で舳先が三角屋根で覆われ、波しぶきを直接被らない構造になっていた。

「エイッサ」「エイッサ」と海士の漕ぐ掛け声がリズムよく響いてくる。どの海士の締め込みからも大きく盛り上がったたくましい筋肉の塊が見えた。二隻の船は瞬く間に六島の東を通りすぎると急峻な峰々が連なる野崎島の東端を走った。いくつもの島々が交差するこの付近の潮流は複雑で漁師泣かせの海域としても知られている。前方に魚目半島突端の村津和崎の小さな集落が見えてきた。二隻の伝馬船はそのまま竜の背のように長い魚目半島の東端を有川湾目指して南下していった。有川村に近づくと今度は北東方向に舵を切り頭ヶ島の突端を大きく迂回してそのまま再び南下した。海岸に打ち寄せる波は大きく白波が砕けていた。船は陸地に沿って二丁（二百十八メートル）隔ててその沖を走行しているが、そこは激しく波打ち潮の流れも早く、いかに四丁櫓の操舵に慣れた海士衆であっても自在の走行には苦労している様子で寒空にもかかわらず汗まみれであった。これ以上陸地に近づくと思わぬ浅瀬もあり、危険なので常に沖合二丁先を走った。中通島の潮合崎という岬を過ぎると深い入り江を持つ鯛ノ浦の港が見えてきた。鯛ノ浦港は西に大きく入り込んだ深い入り江を持つ地形で絵にかいたような天然の良港であった。夕刻が近いのか、冬の太陽の光が柔らかく波ひとつない穏やかな湾内を照らしていた。港の小さな桟橋に船を寄せると、漁師村特有の密集した家々が見られた。どの家々も貧しく粗末な小さな作りだった。それでもこのあたりの経済の中心なのか、数軒の雑貨屋、鍛冶屋、旅籠屋などがあった。一行は港近くの小さな旅宿に投宿することになった。ここでもすでに島原のキリシタン一揆の話は話題になっていた。旅籠屋の主人が申すには、ここから三里ほど先の若松島にある神部《こうべ》という集落が、この度の一揆で一村百八十戸全てが、山田九郎右衛門という指導者に率いられ、キリシタン一揆軍が立て籠もる原城跡に駆け付けたという。

そもそも五島に初めてキリスト教がもたらされたのは、永禄九年（一五六六）のことである。修士ルイス・デ・アルメイダと日本人修道士ロレソンの二人が五島に渡り、一月十六日の金曜日から福江で布教活動を始めたのが始まりである。時の領主第十八代宇久純定は病を得て、アルメイダの手当てを受けて全快したのである。このアルメイダは日本に初めての西洋医学を伝えた外科医であった。殿の病気を治したとの噂から瞬く間に老臣などの入信があった。領主純定、次の十九代純堯と二代にわたってキリシタンに入信したことから、五島の浦々には小さな教会が建ち、鐘の音が入り江の小高い丘から鳴り響き、信者も二千人を超える盛況となった。

「茂兵衛よ。この度のキリシタン一揆は尋常の戦ではないぞ。こんな五島の島からも一村全て何もかも投げ捨てて神に殉じるための闘いに赴いたとのことだ。人の生き方に規矩はないとはいえ、信仰を固く信じ、死をも恐れない覚悟とはむごく尊いものだな」

勘左衛門は自問自答するように茂兵衛に語り掛けた。

「私には若松島のキリシタン衆の気持ちが分かりません。いかに信仰のためとはいえ、家族もあれば妻や子もいたでしょう。それを自らの信じる神のために全てを投げ捨て命までも惜しまない覚悟とは一体何なのかが分かりません」

「五島からは他にも島原に駆け付けた村があるだろうな。この寒空に大した武器も持たずに、必死の思いで波荒い五島灘を越えていった名もなき百姓衆と戦わなければならない。なんだか今日は余り酒も進まん。明日は早いから早く寝ることにしよう」

というと、勘左衛門は寝床に入るとすぐに大いびきをかき始めた。

翌朝は快晴だった。宿で握り飯を作ってもらうと、定刻の六ツ半には鯛ノ浦の港を出た。これから先は一路福江の港まで一気に渡海する。船は奈良尾の岬を過ぎると激しい潮の流れに見舞われた。伊勢松が言うには若松瀬戸という渦が巻くような海峡があり、その潮の流れということであった。やっとのことで激流を抜けると椛島と久賀島の間を抜けていった。海は穏やかで、寄せる波もゆっくりとしていた。昼の八ツ（午後三時）頃に舳先の真正面に緩やかな傾斜を持つ鬼岳が見えてきた。その裾野の先には箕岳という小さな火口を持つ山が海に落ち込んでいるのが見えた。福江川の河口付近にある船溜まりには小さな漁船が数多く係留されていた。その海岸沿いには、その昔鬼岳の噴火による溶岩流でゴツゴツとした真っ黒な岩が延々と連なっていた。遠浅の港そのものは宇久の平の港によく似ていた。沖には大きな帆船が何隻も碇を下ろしていた。城下は海岸付近まで家々が密集していた。これまであまり見ることは無かった瓦屋根の大きな商家なども見えた。

「茂兵衛、ここが福江の城下だ。福江川の河口付近は町人や漁民の町家で石田陣屋はその町家の西側海岸一帯で松林が生い茂っているあたりだ。石田陣屋の背後には二百からの武家や足軽が住んでいる。奥に見えるひときわ高い山を翁頭山という。その南西方面のなだらかな山が鬼岳で城下はその鬼岳の裾野に広がっておる」

茂兵衛は勘左衛門の説明に頷きながら、初めて見る福江城下の風景をしっかりと目に焼き付けた。

## 島原の乱

二隻の伝馬船は無事に福江の港に入った。福江川の河口の突端に川口番所という船の出入りを監視する役所があった。そこで大久保勘左衛門の名前を出すと何も言わずに上陸が許された。城下は鬼岳の緩やかな傾斜が海に落ち込む平坦部に形成されていた。太古の鬼岳の噴火で海岸線は真っ黒なゴツゴツとした岩石がいたるところに露出している。溶岩台地のため農耕に適する土地は少なく、原生林が生い茂る中に戸数二千戸ほどの城下が形成されていた。番所から北西に延びる二間余の道路沿いには、呉服屋、旅籠屋、金物屋、八百屋、豆腐屋、酒屋などの生活用品や小間物屋が建ち並び、宇久島や上五島の村々とはずいぶん趣が違っていた。海岸通りを南に五丁ほど歩くと鬱蒼とした松林となっていた。その松林の中に北と南を堀で固めた陣屋が建っていた。海岸線はそのまま土手の松林で三方向が海に面していた。その昔、鬼岳から流れ出た溶岩流が黒い塊となって陣屋の石垣を洗っている。天守閣や本丸といった重厚な建物はなく、瓦葺の平屋の大きな建物が本陣で、その周りに足軽長屋が連棟していた。もともとは福江川の西側高台に江川城という立派な城持ちであったが、慶長十九年（一六一四）に原因不明の失火で炎上してしまったため、新たな陣屋の縄張りを唐津藩主の寺沢広高に依頼して、三年の年月をかけて石田の浜に陣屋を構えたばかりであった。三方が海に面する海城であった。

勘左衛門一行は、早速陣屋の門番に宇久島からの到着を知らせると、すぐに宿泊のための陣屋内の一室に案内された。出されたお茶で旅の疲れを癒していると、藩庁に詰めていた貞方勝右衛門が居合わせていたため、すぐに島原の一揆の談合となった。

一夜明けると朝から重臣の登城があり、すぐに陣屋槍の間で家老青方善助、有川四郎兵衛、平田利兵衛、田尾半ノ丞、宮崎太郎兵衛、松尾作右衛門など藩重役うち揃っての評定が行われた。新たな情報が刻々ともたらされるのか、家老の青方善助からの説明は具体的であった。その筆頭家老青方からの一通りの一揆勢の説明が終わると、五島藩としての方針が示された。

「わが藩は今月の十二月十四日には福江を出立し、速やかに佐賀藩の鍋島勝茂公の軍に加わることになった。これまで上使として深溝藩一万五千石（愛知県額田郡幸田町深溝）の板倉重昌殿が総大将として一揆軍と対峙してきて、九州の諸藩に命じて原城の攻撃を繰返してきたが、ことごとく敗走させられているそうだ」

事態を重く見た幕府は新たな上使として老中の松平信綱殿（武蔵川越六万石藩主）、副将として戸田氏鉄殿（美濃大垣十万石藩主）の派遣を決定した。一万五千石の小大名板倉重昌の指揮に九州の諸大名が従わず、統制が取れなかったのである。

幕府軍苦戦の知らせは、今回の一揆は単なる百姓一揆でないことを幕府上層部に知らしめた。

戦国の乱世が終わって一世代も過ぎると、すっかり武家の気風も和らいできていた。むろんここの評定に集まった重臣の中にも実戦の経験が有る者は少なく、沈痛な表情を浮かべながら青方の話す口上を聞いていた。

年の暮れも近くなった十二月十四日の朝がやって来た。石田陣屋の南にある大津の浜には戦支度に身を固めた百二十人からの侍や水夫衆が勢揃いしていた。大津の浜から藩船の五社丸と福栄丸の二隻に全員が乗り組むと、真冬の北西の風に帆を孕ませて静かに港を離れた。そのまま五島列島を北上し途中、中通島の鯛ノ浦港で一泊したのちは、一路五島灘を東に直進し松島を目指した。松島沖から外目半島を北上しながら大村湾に入りそのまま大村湾の最奥にある時津港に停泊した。船中で一泊した後は船を降りて、陣を整えて陸路を取った。佐賀藩領の諫早を過ぎてそのまま島原街道を南下して原城目指して進んだ。途中の島原城下を過ぎたあたりから、家々が焼き払われている無残な光景が目立ってきた。

大坂夏の陣で武功を挙げた松倉重政は、大和五条の二万石から有馬の旧領肥前日野江四万三千石を与えられた。重政は四万三千石の石高を表高十万石と幕府に申告して、移封早々から過酷な年貢徴収を行うとともに、それまでの日野江城と原城を破却して、寛永元年（一六二四）には述べ百万人を動員して五層五階の天守を持つ巨大な島原城を築城した。こうした苛政は必然的に領内に数多くいたキリシタンへの徹底した弾圧となって現れた。その初代重政も寛永七年には死んで、その跡目を継いだ息子の勝家は父親に勝る過酷な藩政を敷いていのである。子供が生まれたら人頭税を科し、人が死んだら墓穴にも課税している。九公一民（九割課税）というおおよそ考えられない圧政が続いていた。こうした松倉親子二代にわたる圧政に耐えかねた領民はついに蜂起して、寛政十四年（一六三八）十月十五日には代官所を襲撃し、その代官を殺害した。ここに島原乱が始まった。

城下を過ぎて一里も歩くと、そこはいたるところに援軍の旗指物が林立し、多くの雑兵であふれんばかりだった。一揆軍が立て籠もる原城は三か所の堅固な出丸が築かれており、本丸は海の近くであったが建物はすでに跡形もなく取り壊されていて、新たに一揆勢が大きな櫓を作り、地下壕で煮炊きができるようになっていた。城の東側は有明海に面した断崖絶壁となっていて、海からの侵攻は不可能であった。石垣という石垣も取り壊されており、本丸付近に僅かに築城時の石垣が残っていた。城の中はいたるところ土塁を巡らし、その中には女子供も多数混じっていた。その人数は島原・天草などの牢人や百姓合わせて四万人にも迫る人数だった。城の周囲には無数の見張り櫓が組まれ、十字架の旗が有明海の寒風を受けながらはためいていた。

青方善介率いる五島勢の初陣は十二月十九日の寒い夜で、原城二の丸にある出丸の天草丸を鍋島勢と一緒に攻めた。天草丸の攻撃に向かった鍋島勢に対して、一揆軍の攻撃は想像以上に激しく鍋島勢は多くの死者と負傷者を出して退却に追い込まれた。鍋島勢は総大将の諫早茂敬《いさはやしげよし》をはじめ多くの将兵が打ち取られ、五島勢も何人もの死者を出すなど散々な負け戦となった。

一夜明けると、敵味方入り乱れて無残な死体がそこら中に転がっていた。

「茂兵衛、この戦は大変な戦になるぞ。一揆軍は初めから命を捨てての捨て身の戦いである。無駄に命を落とすなよ」

「旦那様。神に殉じる大義のための戦いとは恐ろしいものでございますな。少しも命を惜しむ気配はありません。それに比べてこちらはお恥ずかしい限りですが、足の震えが止まりません」

「お前は年こそ重ねているが、今回はいわば初陣だ。最初はどんな猛者でも、胸が高まり締め込みを濡らしてしまうものだよ」

勘左衛門は緊張して声が上ずっている茂兵衛を優しくいたわった。

一揆軍との攻防は暮れも正月もなく続いた。

寛永十五年一月一日、手柄を焦った幕府軍総大将板倉重昌は新たな総大将松平信綱の到着前に戦の決着をしようと再度総攻撃したところ、逆に総大将自らが一揆軍から打ち取られるという大失態を演じるとともに、幕府上使の石谷貞清も負傷するなど苦戦に追い込まれた。

幕府陣営に重たい何とも言えない空気が満ち溢れている中に、新たな指揮者である松平信綱と戸田氏鉄が戦場に到着した。

正月十二日には板倉重昌の戦死の報が江戸に達した。幕府は容易ならぬ事態を重視して、熊本藩主細川忠利、佐賀藩主鍋島勝茂、久留米藩主有馬豊氏、柳川藩主立花宗茂、福岡藩主黒田忠之、延岡藩主有馬直純等の現地駐留を命じた。九州の諸藩は藩主直々に戦場に総動員され援軍を出すことになった。

こうして新たに着陣した松平信綱率いる幕府軍と、九州諸侯の援軍は十二万人にも膨れ上がった。数に勝る幕府軍は陸と海から完全に原城を包囲した。一揆軍の戦死者の腹を裂いてみると海藻や野草以外の食べ物の形跡はなく、完全に食糧不足であることが明らかになったことから兵糧攻めの作戦に切り替えた。

兵糧攻めによる膠着状態の中を五島勢は城の北口にある大手門近くに布陣する総大将の松平信綱の陣に援軍の挨拶に行った。

「肥前五島領主五島盛利が家臣青方善介と申します。五島藩勢百二十人の援軍をもって昨冬から参陣しています。鍋島勝茂殿の陣営に加わっています。少人数でありますが、身命をかけてご奉公いたす所存です」

五島勢の指揮者である青方善助は、天幕の真ん中に陣取る総大将の松平信綱に向かって神妙に着陣の挨拶をした。

「遠路はるばる大儀である。大いなる働きを期待しておる」

双方とも一言二言の儀礼的な挨拶であった。

「それにしても大層な陣構えだな。九州の名のある大名は残らず参陣している。昔の大坂の陣を思い出すよ」

勘左衛門は傍らに控えている茂兵衛に小さくつぶやいた。すでに大坂の陣から二十二年の歳月が流れていた。

「私もこのような陣構えと兵の数を見たのは初めてのことでございます。言いにくいことですが、もはや勝敗は決しています。一揆衆が哀れに思えてなりません」

「幕府のご威光を諸大名に示すことが大事なのだ。まともに武器すら持たない百姓衆はあわれであるが、二度とキリシタン衆が反逆できないことを示す必要があるのだろう」

勘左衛門はこの戦の恐ろしい結末を予想するかのように傍に控えている茂兵衛に言っ

た。

五島勢が加わる鍋島勢は大手門近くの第一出丸の西に布陣していた。鍋島藩は竜造寺の軍と陰口されるぐらい、旧竜造寺の遺臣で占められていたことから、藩主勝茂公は鍋島家としての面目から幕府方では最も多い三万五千人からの大動員であった。

一揆軍の食糧不足が明らかになると、双方にらみ合いや夜間での夜襲などの小競り合いが増えてきた。昼間はオランダの軍艦から原城に向けたゆまない艦砲射撃が続いていた。

南蛮のスペインやポルトガルの艦隊が援軍として来てくれると期待していた一揆軍は、その南蛮のオランダから海上から攻め立てられた。

絶望し腹を減らした一揆軍は夜になると、闇夜に紛れて城を抜け出してくるが、土盛りの上に築かれた櫓から放たれる鉄砲で撃ち殺された。海に突き出た岬に築かれた原城城址の絶壁を降りて、命がけで採ってきた海草はもとより、青草や武具の革まで食う者が現れた。誰もが異常に下腹部が膨れた餓鬼状態に陥っていた。

「死ねばパライソ（天国）ぞ。死んでパライソに行こう」

夜になると城内のいたるところからキリシタン衆が歌うもの悲しい聖歌が聞こえてきた。二月二十四日、松平信綱の陣中に諸将が呼び集められた。信綱はこれ以上戦が長引くと幕府の威信にかかわることから、二月二十八日を総攻撃の日と定めた。しかし、功を焦る鍋島勢の抜け駆けから、予定の前日に総攻撃が開始された。

慌てた五島勢も遅れまいと三の丸に攻め込み、本丸の高い石垣をよじ登った。雨の中、双方ここが最後と必死の抵抗で、石垣の上からは熱湯がまき散らされ、さらには人の頭ほどの石がいくつも投げ落とされた。

それでも圧倒的に数で勝る幕府軍は次から次へと城壁を乗り越えて原城内に雪崩れ込んだ。そこで見たものは幽鬼のように痩こけた百姓たちの姿だった。自ら身を投げだし、殺してくれと両手を合わせる姿が哀れであった。

「ひと思いに殺してくだされ」

「ああ～　イエズス、マリア」

「デウス様ー」

たちまちキリシタン衆の大慟哭が一斉に湧き上がった。

「パライソ、パライソ、イエズス、マリア」

槍の穂先が痩せこけた信者の胸に突き刺さるごとにその叫び声は大きくこだました。

狂気と狂気が交差する戦場では、人間の感覚を恐ろしく狂わせてしまう。幕府軍は無抵抗の百姓や女子供まで次から次に刺し殺していった。

殺傷された一揆軍の数は三万七千人に及んだ。

寛永十五年二月二十七日の総攻撃で八十八日もの間、原城跡に立て籠もった一揆勢はここに壊滅した。総大将であった僅か十六歳の天草四郎も打ち取られ長崎で晒し首となった。

一方の幕府軍も多大な被害を出した。島原藩主松倉勝家は大規模なキリシタン蜂起を許した責任を問われ、領地没収の上、その身は大名にありながら斬罪に処された。大名で切腹が許されず、斬首に処せられたのは江戸時代を通じて勝家ただ一人であった。また、唐津藩主寺沢堅高は領地の天草を没収されたことなどから精神に異常をきたし自害して果てたことから絶家に処された。

島原の乱は幕府の外交政策にも大きく影響を与え、翌年にはポルトガルとの関係を断絶し、交易を許したオランダに対しては商館を長崎の出島に限定して制限を加えた。

国内的にも宗教の監視を強め、宗門改め制度を定め寺請け制度の確実な普及を図った。人々は職業の選択や移動の自由すら制限され、個人と個人が互いに監視する密告社会になった。

幕府の反乱軍への処断は過酷を極め、島原や天草のキリシタン信徒は根絶やしにされた。わずかに生き残った信者は深く潜伏し、山奥や離島などに逃れて隠れキリシタンとして生きていかざるを得なかった。

## 江戸へ

二月二十七日の原城総攻撃で、島原や天草諸島からキリシタン宗徒は完全に根絶やしにされてしまい、畑や田んぼを耕す人すらもいない有様となった。

幕府軍は死んだキリシタン信徒が再びこの世に復活するという、宗教上の教えに極度の恐怖を覚え、惨殺したキリシタン信徒が二度とこの地上に立てないように、遺体の両足のすねから下を切り落とした。

「こんな戦は嫌なもんだな」

勘左衛門は憔悴した声で茂兵衛に向かってポツリと心の内を漏らした。

「何のための戦だったのか」

茂兵衛は戦って潔く死んでいった名もなき百姓たちのことを思った。

「五島からも多くの信者が冬の波荒い五島灘を小舟で渡り、この城跡に必死の思いで立て籠もったことだろう。一体彼らに何の罪があるというのだ、ただ異国の宗教を信じたばかりではないのか」

茂兵衛の胸のうちは複雑だった。

討取られた一揆軍の総大将だった天草四郎が、本当は豊臣秀頼の実子との噂がまことしやかに流れたのである。四郎の旗印が豊臣家の千成瓢箪で陣中では豊臣秀綱と名乗っていたとの噂を聞いたのである。

「嗚呼、上様のお子であったか。何ということだ。俺は上様のお子に刃を向けたのか」

「いや、そんなはずはない。四郎が上様のお子であるはずがない」

茂兵衛は必死になって一揆軍から流れてくる根拠のない噂を打ち消そうとした。

十二万の将兵が手柄を求めて参陣しても、一揆勢から奪える所領もなく、疲労が募るばかりであった。

「茂兵衛、五島に帰るぞ。此度の事は忘れてしまえ」

というと勘左衛門はしばらくの間、荒れ果ててしまった原城跡を見つめていた。

「茂兵衛よ。人はここの百姓衆のように物の欲を捨てて、ひたすら信じる神の前に忠実でありたいものだな。それに比べて武士とは何ともあさましいものよ。主君のために忠義を尽くし、一族を養い、所領を増やすことしか考えが及ばん」

茂兵衛とて同じ思いだった。

「何のために憎しみあい、殺しあうのか」

人の心の内にはどんなことがあっても、他人は分け入ることはできないものだと思った。

五島勢は、兜首九つを挙げたが幕府からの恩賞は何ひとつなかった。

何とも言えない無常と疲れを残して宇久島に帰ってきたものの、妻のさきが出陣中にはやり病であっけなく死んでしまったことを知った。

数えきれない多くの死を見て、そして最も身近な者の死を知らされた。

さきとの夫婦生活はいたって短い期間だったが、余所者の茂兵衛に嫁ぎ何かと苦労があっただろうが愚痴ひとつ言わない物静かな嫁であった。

「さき、すまなかった。許してくれ」

これから宇久島で一緒に苦楽を共にして生きていこうと思って帰ってきた矢先、はかなく逝ってしまった。

茂兵衛はさきが病になってどれだけ寂しく、苦しかったかを思うと夜も眠れなかった。

余りにもはかなく短い生涯だった。

人と話すことすら嫌になった茂兵衛は、ひたすら畑に出て鍬を振るうのが唯一の慰みとなった。それでも大久保家の知行地の管理や年貢収納など、やたらと仕事があり多忙であった。そんな日々が続いていたある日の事、庄助が茂兵衛を訪ねてきた。

「山田様、旦那様がお呼びです。今晩、六ツ過ぎに屋敷を訪ねてくるようにとのことです」

久しぶりに見る庄助は随分と老けたように見えた。

夕刻になり、茂兵衛は着替えを済まして勘左衛門の屋敷に向かった。

「御免くだされ。茂兵衛です」

庄助から奥の座敷に通されると、勘左衛門は一人だけで手杓で呑んでいた。

「おう、茂兵衛か。近くにきて一杯やれ」

座敷には、二組の夕食の膳が用意されており、なぜか鯛の尾頭付きが添えてあった。

「妻のさきのことは誠に残念だったな。さぞ、気落ちしたことであろう。しかし、死んでしまった者のことをいつまでも思っていても詮無いことだ」

「私も諦めがつきました。短い夫婦生活でしたが、さきはいい嫁でした。命の炎が尽きたのでしょう。そのように思っています」

「まあ、お前はまだ若い。これからいくらでもやり直しがきく年頃だ。気落ちするなと言っても無理だろうが、何事も前向きに捉えることだ。それはそうと、今日はお前の今後の身の振り方について大事な話があるので呼んだのだ」

勘左衛門は真剣な顔つきになり茂兵衛に向かい合った。

「実は、わしはお前のこれからの身の振り方についてわしなりに考えてきた。こんな小さな島でこれからも暮らしていくことがお前のためなのかいろいろと考えてみた。島原の陣が終わって、すぐにわしは福江の殿から呼ばれた。いよいよわしも宇久島を離れて福江の城下に住まなければならなくなった。盛利公は五島の島々を古くから知行している我々のような地侍衆を福江城下に集めて、藩の基盤を強化しようとしている。地侍衆を福江城下に集める福江直りについては、家老の青方様のように強引に反対されている方もおり、何かと不穏な動きもあるが、わしは福江に直ることを決心している。わしがここを離れるとお前は帰農するか新たな主を見つけるかのいずれかになる。だが、この島で生きていくのは並大抵のことではない。そのことが心残りでわしはお前のことを殿の耳に入れていた。殿もお前の島原での働きや薩摩との縁を感じていて、痛く関心を持たれていた。そこでお前が良ければ三月の江戸参勤の折に一緒に江戸に来てもらいたいとの仰せである」

茂兵衛はいよいよその時が来たと思った。わが身のことはさておき、気がかりなのは真輔のことであった。

「できるだけ、旦那様のご厚意に沿うようにしたいのですが、真輔ともよく話し合ってこれからのことは決めたいと思いますので、二三日のご猶予をください」

「それはそうだ。真輔のことはわしも気になっていた。この島で一介の足軽として生きるか、もしくは帰農するかのいずれかと思っている。わしは、これからの世は徳川の時代でゆるぎないものと思っている。もはや天下を揺るがす大戦《おおいくさ》はないであろう。そういう意味では殿に従い江戸に出て見識を広めることもお前の先々には役に立つのではないかと思っている。よく考えて返事してくれ」

その夜はなかなか寝付かれなかった。妻が亡くなり、大久保様が福江に移住されることになった今となっては、宇久島にいる理由もなかった。残るは真輔がどのように思っているかである。

翌朝早く、茂兵衛は真輔を釣りに誘い、近くの海岸で釣り竿を並べた。

「さきのことではいろいろと世話をかけたみたいだな」

「兄者は島原の陣中の最中で如何ともできず、突然の病で仕方ないことでした」

「さきは苦しんだのか」

「三日ほど高熱が出て、うなされていました。うわ言で兄者の名前を何度も繰り返し呼んでいました」

「苦しかっただろうな」

しばらく二人は黙ったまま釣り竿の先を見つめていた。

「兄者」

真輔が何か思いつめたような表情で茂兵衛をみつめた。

「旦那様から今朝方聞きましたが、兄者は殿のお供をして江戸に行くべきと思います。

これからは江戸がこの国の中心になると旦那様はおっしゃっていました。こげん機会はめったに無かと思います。おいはこん島に残り、町人になるつもりです」

真輔は島に残って町人としてやっていく覚悟をすでに決めていた。

「もとより薩摩の国を出た時から、全てを投げ捨てた身です。こがんして西海の小さな島で生きてこられたのも旦那様のお陰です。旦那様は福江城下住まいとなりますが、一族の多くは大久保村にそのまんま残ります。おいはこの方々にこれまで受けた御恩ば少しでも返していこうと思っています」

「立派だよ、真輔。本来ならばわしの方がここに居残り皆様方の支えとならなければならない立場である。だが、わしの心はすでに決まっている。わしは江戸に出ようと思っている。お前とも別れ別れになってしまうことは、何とも辛いことではあるが、どうかわしの我儘ば許してくれ」

「兄者は殿様や大久保様からも認められたこれからのお人です。どうか何も思い残すことなく、江戸に旅立してください」

「そうさせてもらうよ、真輔。今まで有難う。最後にわしから別れの言葉を送りたい」

というと、茂兵衛は真輔の肩に手を添えた。

「真どん。侍は捨てても、薩摩の侍の意地は捨てるな。どんな時でも臆病風に吹かれることなく、心さわやかに過ごしてもらいたい。そして、この島に咲く寒椿のように凛として強く生きてほしい」

「兄者、決して薩摩武士としての矜持は忘れません。どんなことがあっても堂々と生きていきます。それより、ここまで生きてこれたのは兄者のお陰です。有難とさんでごわした。これからは商人の道にいそしみ、出来るだけ早く一人立ち出来るように精進します。どうかお身体だけは気をつけていつまでもお達者でいてください」

互いの気持ちを確認した二人は長い間、遠くの海を見つめたまま何も言葉を発することは無かった。これまでの苦難が思いだされただ鳴咽するばかりで、目にはとめどなく涙が溢れていた。

季節が三月末になると、野山には椿の赤い花が咲き乱れ、道端にはつわの黄色い花が咲き、田んぼにはレンゲの花が一面に咲き誇っていた。この島が一番輝き、美しい季節が巡ってきていた。

この日、茂兵衛と真輔は神浦の港に来ていた。たまたま長門の赤間ヶ関（下関）からの商用の船が神浦の港に来ていた。五島は海産物の宝庫でもあるが、山が幾重にも連なる地形から炭や薪《まき》の産地としても西国では名が通っていた。特に薪は大風(台風)の通り道で、樹高は低いが芯が詰まって火持ちがよいとのことで「五島薪《まき》」として古くから重宝がられていた。

大坂から広がった弁財船や菱垣廻船による物流網はあっという間に日本全国に海運業の発達をもたらした。神浦の港に寄港していた弁財船も五島の島々から薪を買い集めて、赤間ヶ関に帰る船であった。神浦の港は水深が深く、大型の帆船が陸地に横付けられることから遠く上方や中国方面から様々な商用の船が出入りしていた。

茂兵衛は神浦の薪問屋から、この船の船頭佐平治に話をつけてもらい赤間ヶ関まで乗せてもらうことになった。本来ならば福江の城下まで行き、殿の江戸参勤の列に加わるべきであったが、後々の迷惑を考えて一人で江戸に向かうことにしたのである。港にはさきの親甚吉夫婦や大久保様の親戚筋、さらには平の海士頭伊勢松などこれまで縁のあった人々が茂兵衛の旅立ちを見送りに来てくれていた。

茂兵衛は両刀を手挟み、大きな信玄袋を手に船に乗り込んだ。二百石積みの弁財船には買い付けた薪《たきぎ》や炭が山なりに積み込まれていた。やがて朝もやの中を何人かの水夫が碇を巻きあげると、帆を孕ませながら静かに神浦の港を離れた。

「さらば、宇久島よ」

「さらば真輔、いつまでも達者で暮らせ」

「旦那様お世話になりました」

神浦の小さな岸壁では、大久保の殿様や真輔をはじめとする幾人かの知り合いが見送りのために集まり、岸を離れていく船に向かって懸命に手を振っていた。

「兄者～。どうかお達者で～」

真輔の甲高い声が湾内にこだましていたが、やがてその声も聞こえなくなった。

茂兵衛は遠ざかる城ヶ岳に向かって、御世話になった人たちの名前を口ずさみ何度も何度も頭を下げ続けた。

船は南からの追い風を受けて順調に進み、夕刻には最初の寄港地壱岐島の勝浦港に入った。小さな港ながらいくつもの船が沖合に浮かんでいた。ここでは五島から運んできた炭俵をいくらか地元の問屋に売って、その日は船中で一泊した。船頭の佐平治は炭の代金の清算が済むと翌日には、一路赤間ヶ関目指して波荒い玄界灘を一直線に東に進んだ。海は時化で荒れていたが、初めての船旅の頃からすると船酔いすることは無くなっていた。

佐平治の弁財船は夕刻前の八ツ半には関門海峡を越えて長門の赤間ヶ関港に入った。港にはこれまで見たこともない数の小さな船が岸に係留され、沖にも何艘もの船が碇を下ろしていた。佐平治の勤める廻船問屋に着くと、茂兵衛は宇久島からの船賃として銀六十匁を佐平治に払った。その夜は佐平治の勧めで廻船問屋の水夫部屋に一泊して、明日の朝、大坂を目指して旅立つことにした。

翌朝、世話になった佐平治に挨拶を済ますと、そのまま山陽道をひたすら大坂に向かって歩き出した。小郡、周防徳山、岩国、安芸広島、備後福山、備前岡山、姫路と旅を続けた。噂に聞いていた姫路城を目に前にすると余りの壮大さに言葉を失った。

尼崎の城下を過ぎて、淀川を渡った。天満橋近くの宿に着いたときは四月も半ばを過ぎようとしていた。目の前には再建された大坂城の巨大な姿があった。

大久保様から江戸に行く前に必ず大坂に立ち寄り、その賑わいを見ておくべきと何回も言われていた。

大坂の夏の陣からすでに二十三年が経過していた。大坂の町は全国の商品や物が集まる商都として大きく変貌を遂げていた。なかでも淀屋橋周辺や中之島一帯は全国の大名の蔵屋敷が軒を並べ、ここで米の相場が決められるようになったため、大変な賑わいで「天下の台所」と言われるようになった。

茂兵衛は天満、北、南の大坂三郷といわれる繁華な街並みを熱心に見て歩いた。とにかく人の多さと商売の熱心さは九州のどの地方にも見られない活気があった。

北浜から中之島に至る備後町、平野町さらには高麗橋筋などには豪商の建物が立ち並んでいた。淀屋、鴻池、住友、越後屋、平野屋、加島屋、天王寺屋など天下に名前が通った大店《おおだな》がいくつも暖簾を並べて、多くの手代が忙しく働いていた。驚いたのは、多くの武士が行きかっているにも関わらず、誰もそれらの武士に敬意を払わずに通り過ぎることであった。

「ここでは、物を扱う商人こそが主人公で、何も生み出さない武士はあくまで社会の権威としての存在でしかないのだ」

茂兵衛はこれからの時代を予感させるような大坂の社会が新鮮で、できたらここで生活できたらと思わずにはいられなかった。

二日ほどで大坂での滞在を切り上げた茂兵衛は天満の八軒屋の船着き場から淀川をさかのぼる川船で、京の伏見まで行った。伏見からは陸路をひたすら歩き、大津、彦根、名古屋、駿府、箱根の関所を過ぎ、多摩川の六郷の渡しに着いたときは四月の末日であった。

「いよいよここから江戸だ」

茂兵衛は多くの大八車や旅人が行きかう東海道を急ぎ足で歩いた。品川宿を過ぎると急に武家屋敷や民家が多くなり通行する人の数が多くなった。目指す目的地の芝聖町（港区三田四丁目付近）五島藩下屋敷はもう目の前であった。

## 藩邸長屋

西国の小藩である五島藩が藩庁としての藩邸を下賜されるのはまだまだ後のことで、家康入府の頃は日本橋西川岸に小さな藩邸があった。その後、寛永元年（一六二四）には新たに神田細小路に土地を買い求めて藩邸機能を備えた。参勤交代制度が確立される寛永十二年の前年には幕府から正式に芝聖町の下屋敷が与えられた。神田細小路の上屋敷は、明暦三年（一六五七）のいわゆる振袖火事で焼失したため、新たに麻布市兵衛町（麻布六本木藩邸）を上屋敷として拝領した。また、芝聖町の下屋敷に代わって新たに江戸郊外の白金下屋敷を拝領したのは正徳元年（一七一一）、二十六代盛佳の時代である。

茂兵衛は行きかう人の多さに驚いた。多くの武士や商人が行きかい、大工や職人が忙しく働いていた。江戸入りする旅人が必ず手にする江戸名所を絵にした切絵図を片時も手放せなかった。

幕府が開かれて四十年もたたないのに江戸の町は活気に満ち溢れていた。

徳川家康は公儀の力を天下に知らしめるべく諸大名に江戸城の天下普請を命じた。そのため大名はすべからく江戸に藩邸を置き、数多くの藩士を駐在させた。諸大名は江戸城の整備と江戸の町の土木工事に駆り出され、ここぞとばかり大名の国許から大量の人と物と金を吸い上げていた。否が応でも経済活動が活発になってくると出稼ぎで大工や左官さらには幾多の職人や奉公人も江戸に集まるようになった。今では人口も五十万人を優に超えて、日を増すごとに膨張していた。

多くの旅人で賑わう品川宿を通り、右手に広がる江戸湾を見渡せばまさに入船千艘、出船千艘の混雑ぶりで所狭と大小さまざまな船が行きかっていた。田町というところにある大きな薩摩屋敷を目の当たりにすると、さすがに若き日の薩摩での暮らしが蘇ってきた。自らの運命とはいえ、複雑な思いも去来した。

薩摩屋敷を過ぎると、徳川将軍家菩提寺である芝増上寺の巨大な伽藍が見えてきた。その増上寺の正面に聳える五重の塔を北に数町歩いたところに赤羽橋という小さな橋があった。その橋を渡って東に歩くと多くの寺院が立ち並んでいた。五島藩の藩邸はその寺院街を抜け、さらに北に数町奥に入った高台に五島藩芝聖町の下屋敷があった。

茂兵衛はやっと一か月余りの長旅を経て、国許の小さな江戸下屋敷に辿り着いた。屋敷の周りには大小さまざまな上屋敷や下屋敷といった各藩の藩邸が建ち並んでいた。屋敷の中には大きく枝を伸ばした欅《けやき》や椎の木の大木が鬱蒼と生い茂り、昼間でも薄暗い静かな佇まいであった。

一万石程度の下屋敷であっても、二千坪内外の土地が与えられ、その門構えも石高によって形式が定められていた。

茂兵衛は、下屋敷の御長屋脇にある小さな門の前に佇むと、思わずわが身が旅の垢にまみれていることに気が付いた。せめて月代でもきれいにしようと思い、赤羽橋のたもとにあった髪結い処に引き返した。

一刻程でさっぱりすると、再び下屋敷の御門長屋の小さな門を訪ねた。

「御免ください。誰がいませんか」

と数回扉をたたくと六尺棒を持った門番と思われる中間《ちゅうげん》が出てきた。

「拙者は山田茂兵衛と申します。さる三月の暮れに五島宇久島を出立し、今朝方江戸に着いたものです。江戸ご用人であられる田尾半之丞様にお取次ぎ願いたく、ここに国許の大久保勘左衛門様からの書状を持参いたしました」

口上を聞いた門番は雇《やと》い中間なのか、ポカンとした表情で何を言っているのかさえ分からないような有様だったので、何回となく茂兵衛はその門番に口上を繰り返した。

「田尾半之丞様ですか。今しばらく、こちらでお待ちください」というとその門番は屋敷内の母屋に向かって走り出した。

しばらくすると母屋の方から若い侍が出てきた。

「拙者はこの春から江戸詰めになりました納戸方佐々野伝兵衛と申します。宇久島から遠路はるばるご苦労様でした。田尾様でしたら、只今所用で外出されており、後一刻もすると戻られるので、その間、そこの門番横の待合でお待ちになってください」と言って表門の門番詰所の隣にある来客の待合場所に案内した。

「そうですか。大久保様の内侍でしたか。して、大久保様は息災でしょうか」

佐々野は遠路はるばる江戸まで一人で来た茂兵衛に関心があるのか、いろいろと聞いてきた。

「拙者は福江の者でつい一か月前に江戸に来たばかりで、初めての江戸勤番でこの江戸のことは何一つ分かりません。貴殿と同じです。これをご縁に宜しくお願いします」と佐々野は丁重な挨拶をした。

佐々野と茂兵衛は久しぶりの国許の五島の話で盛り上がっていると、先ほどの中間が来て、田尾様が戻られたと連絡に来た。

茂兵衛は待合で着替えを済ませ、母屋へ続く十間ばかりの敷石を歩くと大きな式台があった。その式台を右に折れた小さな入り口から母屋の八畳ほどの部屋に案内された。すでに田尾半之丞は着座して茂兵衛を待っていた。

「初めてご面識を得ます。私は大久保勘左衛門の内侍で山田茂兵衛と申します。ここに、大久保から田尾様への書状を持参いたしました」と挨拶すると厳重に油紙で巻かれた書状を取り出して差し出した。

「おお、大久保様の内侍でしたか。大久保様には国許でいつも大層な世話になっていた。その山田殿が何ゆえに江戸に来られたのか。仔細はこの書状を読めば分かるであろうからしばし待たれよ」

　田尾は黙って手紙を読み始めた。やがて、読み終えるとしみじみと茂兵衛を見つめた。

「この書状によると貴殿は殿の御借入れ侍に相成るとあるが、殿とご面識があるのか」

「いえ、私は一介の内侍にすぎません。とても殿に対面を許されるような者ではありません。ただ、島原の陣に出陣した折、姓名のみ殿のお耳に入れられただけで、大久保様の御口添えで御借入れ侍として江戸参勤に同行せよと命じられただけでございます」

「大久保様も先祖代々の宇久島を離れて、福江城下住まいとなったことから貴殿の先行きを案じたのであろう。それにしても、なんとも数奇な経験をされてきたものですなあ」

　田尾は驚いたような表情で茂兵衛を見つめなおした。

　大久保の書状の中には、茂兵衛の薩摩での暮らしから、宇久島に渡ってきた経緯まで記されていた。

「仔細はよく分かった。とりあえず、江戸での住まいとして、この下屋敷の江戸勤番組の長屋でしばらく暮らすことにしたらよい。わしも江戸家老の平田利兵衛殿によく話しておく。追って何らかの沙汰があるであろう」

　というと田尾半之丞は部屋から出ていった。

　その日から江戸藩邸での生活が始まった。

勤番組の住まう長屋は、表門の西側で間口二間半の小さな六畳部屋で、小さな土間があり、簡単な煮炊きができる竈《かまど》があった。通常はこの部屋に三人ほどで住むのであるが、たまたま国許に帰った者があり、佐々野伝兵衛と二人で住むことになった。

ここで最初に江戸目付役から手渡されたのが、江戸詰侍の掟と称する文書だった。それには江戸藩邸内での規則や日常生活上の決まりごとが事細かく定められていた。

小藩といえども、同じ屋根の下で四十名からの侍が暮らしていた。

その夜から佐々野との二人だけの江戸暮らしの始まりだった。国許の話に話題は尽きなかったが、旅の疲れからすぐに睡魔に襲われた。

翌朝目が覚めると、伝兵衛が台所に立ち朝飯の支度をしていた。

「山田殿、目が覚められましたか。朝飯の用意が出来ました」

というので、早速、外に出て井戸で顔を洗い、男二人で朝飯を食べて一休みしていたところ、江戸目付貞方与志郎から江戸家老である平田利兵衛のもとに来るようにと呼び出しがあった。早速、母屋の家老部屋に伺うと年の頃四十前後の恰幅のいい中年の武士が座って待っていた。

「この度、五島宇久島から江戸表に出てまいりました山田茂兵衛と申します。国許では大久保勘左衛門の内侍として奉公していました。詳しくは大久保様からの書状にあります通り、お上の御借入れ侍として江戸屋敷で奉公せよとのご下命に従いこうして宇久島からまかり出てまいりました」

平田利兵衛は黙って茂兵衛の口上を聞いていた。

「一人で江戸までの旅、さぞ難儀したであろう。大久保様とは昔から昵懇で、若い時から好くして頂いた。その大久保様の内侍だったとな。聞けば此度の島原の陣にも加わったとか。そのことはお上からも聞いているぞ」

「有難うございます。私のような者で出来ることがあれば何なりと申し付けください」

「お上は、通常は神田の上屋敷にお住まいで、めったなことでは、下屋敷には足を延ばさない。いずれ正式にお目通りすることになるであろうが、それまではこの下屋敷で勘定方の手伝いをしてもらいたい。ただし、貴殿は正規の藩士身分でないため、扶持は下されない。その代わりに年五両の給金を藩から支給することになっている」

「誠に有り難き幸せ。一生懸命にご奉公する所存であります」

身分は藩士でなく、あくまで殿の私的な御用侍である。そのため藩としては正式な扶持で処遇するわけにもいかず、年五両という最低の処遇となった。

「物の値段が国許と違い、なんでも高い江戸での生活は何かと不自由するであろうが、ほとんどが非番で、勤め方はひと月に十日ほどである。貴殿の場合は、上役もいないので空いている時間は工夫して過ごされよ」

こうして、上役もいなければ、決まった仕事もない江戸藩邸での暮らしが始まった。

とりあえず、佐々野に付き従い、勘定方見習いのような扱いで、江戸屋敷の出納記録をこまめに記録することになった。勘定方の上役として松尾九郎兵衛という若い筋目の武士がいたが、茂兵衛が挨拶しても何を指示する訳でもなく、一刻ばかり席にいるだけですぐにいなくなり、誠にもってありきたりな役所仕事であった。

## 江戸の暮らし

藩邸でのこれといった仕事もなく、毎日が勤番長屋で佐々野やほかの勤番衆と将棋や囲碁をしたりして時間をつぶすことが多くなった。勤番衆はいつ上役から呼び出しがあるか分からないので、暇だからと言って江戸見物とはいかなかった。茂兵衛もどのように時間を過ごせばいいのか分からず、日がな一日何もせずに過ごすことが多かった。そのうち、下屋敷にいろんな商人が出入りしていることが分かった。なかでも勤番衆に人気なのが貸本屋だった。そもそも五島藩は小藩故、勤番衆の扶持は少なく二十石前後の貧しい侍が多かった。流行りの本を直接買えるような侍はいないのである。誰かが一冊を借りるとそれを回し読むのであった。人気なのは軍記物、お家騒動物などであったが、単身赴任の勤番衆にとって最も人気があったのは人情物（恋愛物）、洒落本（遊郭物）、春画などであった。夜は数人集まると句会や茶会、謡の会なども開かれた。外出が原則禁止されていたため、勤番衆の日常品や酒の購入も出入りの商人を経由して買った。

やがて、長屋住まいも二か月を過ぎようとしていた時だった。用人の田尾半之丞から呼び出しがあったので、早速用人部屋に出向くと田尾はおもむろに要件を伝えた。

六月三日の昼八つ（午後二時頃）、お上が下屋敷に来ることになった。ついては、貴殿に対面を所望しておられる。当日は羽織袴着用で藤の間に伺候するようにせよ。分っているであろうが、ご下問されたこと以外は喋ってはならない。くれぐれも粗相のないようにいたせ」

田尾は藩主第二十二代盛利との対面について事細かに指示した。

茂兵衛は緊張した。歴代の五島藩主の中でもとりわけ傑出した殿様との評判があり、これまでの事績について佐々野たちから予め聞いて対面に臨んだ。

それによると、国許での有力藩士の福江集住による中央集権体制の確立、石田城（陣屋）の拡充、検知による石高の確定など藩政改革を果断に断行していた。特に福江直りは島々が多い五島の特性からその土地を離れたくない地侍衆の抵抗はすざましく、筆頭家老の青方雅盛のような中心人物までも脱藩して平戸藩へ立ち退くなどの軋轢を残した。また、藩を揺るがす大事件に発展した大浜主水による将軍秀忠に対する愁訴事件も起こった。藩士が領主を訴えるという前代未聞の事件で、盛利失態の五か条なる訴状を提出し争った。幕府の裁定は、盛利有利で決着したが、長くお互いの遺恨が残り、大浜主水が歿した後もその子大浜彦右衛門が公訴を止めず七十九年もの間係争が続いた。

茂兵衛との面談時期は、そうした藩政改革に一定の目途がついた頃で、盛利の近世大名としての領主権の確立時期であった。

六月三日の昼過ぎになると用人田尾半之丞の使いとして若い藩士が勤番長屋に茂兵衛を呼び出しに来た。そのまま下屋敷の奥座敷に案内され、しばらくここで待つように言われた。四半時ほど待っていると、「シー」という小姓の声が聞こえたと思うと藩主盛利が上段の間に着座した。茂兵衛は頭を畳に擦り付けたままの状態で次の指示を待った。

「苦しゅうない。表を上げよ」

と江戸家老の平田利兵衛の低く沈んだ声がした。

「私は、ご領内宇久島で大久保勘左衛門の内侍として奉公していた山田茂兵衛と申します。本日は恐れ多くもご拝謁の栄に浴し、恐悦至極でございます」

茂兵衛は緊張しながら上目遣いに藩主盛利の姿なりをみた。がっちりとした体躯に意思の強さを現すかのように太い眉が印象的だった。

「宇久島からはるばる江戸までの旅ご苦労であった。また、島原の陣中では勘左衛門ともども見事な働きであった」

「有り難きお言葉、肝に銘じます」

「殿は貴殿のこれまでの経験を何よりも貴重なことだと思われています。特に、わが藩と薩摩藩の関係は特に大切なことだと常々申されています。これからも何かあれば薩摩との仲立ちをして貰いたいたいとのご意向である」

平田は殿に代わって、藩としての茂兵衛の役割について話した。

「ご用向きのことがあれば、何なりと仰せつけてください。身命をかけてご奉公いたす所存です」

「藩士でもない貴公に無理なことを申し付けることもあるやも知れぬが、その時は遠慮なくいってもらいたい。明日は勤番組の何人かと江戸見物にでも行ってこい。非番をとらせる」

平田は、明日休んで江戸見物してこいと茂兵衛をいたわった。

翌日、佐々野伝兵衛、又野寛一郎の二人を誘って江戸見物をすることにした。三人はとりあえず江戸といえば日本橋の賑わいということで東海道の始点にあたる日本橋を目指して歩き出した。

江戸は聞きしにまさる大きな町だった。広い四間道路の通り沿いには多くの家がひしめき、みな二階造りだった。通りは人で溢れ、物売りの声や大八車を押す車夫などの雑多な声があちこちから聞こえてくる。暖簾を下げた大店の店先はどこも開けっ放しで、建物の作りも西国で多く見られる格子造りはあまり見られなかった。

通りのどこからからも富士山と五層の天守を持つ勇壮な江戸城を望むことができた。

幕府が開かれて四十年もたたないのに江戸の町は活気に満ち溢れていた。

尾張、紀伊、彦根などの大きな大名屋敷が連なる赤坂見附から日比谷筋を通った。そこには誰もが知っている譜代大名の上屋敷が整然と連なっていた。大手町御門を過ぎ、日本橋のたもとに来たときは昼時であった。江戸家老の平田からいくばくかの金銭を貰っていたので、江戸の名物鰻重を食べることにした。日本橋のたもとには大きな魚市場が立ち、多くの職人が忙しく働いていた。その川筋には幾多の料理屋も建ち並んでおり、三人はその中の一軒の料理屋の暖簾をくぐった。国許で食べる簡単な鰻料理と違い、蒸して焼いた蒲焼きの蕩《とろ》けるような味がなんとも言えなかった。初めて食べる鰻料理であった。二階に通された部屋はいくつかの衝立で仕切られていて、窓の外の川風が心地よかった。その窓の下を見れば数多くの小船が山と積まれた積み荷の荷下ろしで大変な混雑ぶりであった。

日本橋での賑わいを避けるかのように三人は常盤橋門から本町通を歩いて上野の山を目指した。大名屋敷が連なる神田を抜け、広大な上野の寛永寺の甍を見ながら、隅田川沿いに浅草の浅草寺を目指して歩いた。浅草界隈には多くの茶屋や見世物小屋が集まり、江戸随一の歓楽街であった。他藩の勤番侍が江戸で必ず経験し、江戸の土産話とした江戸三座（中村座・市村座・森田座）の歌舞伎見物や遊郭の吉原に登楼することなどは、五島藩のような貧しい勤番侍には無縁の世界であった。

「江戸は広かな。どこを見渡しても家ばかりで山の一つも見えんばい」

佐々野は初めての江戸見学で何もかもが珍しく、盛んに驚きの声をあげていた。

「そうよの。どこが北か南かさっぱり分からんばい。江戸歩きは疲れるよ。もう藩邸に帰ろうで」

又野はうんざりしたような顔で笑った。

三人は浅草寺の参拝を終えると、もと来た道を下屋敷に向かった帰路に着いた。

田舎侍の三人にとって、大都市江戸見学は何よりも新鮮であり、大きな驚きであった反面、日本の九州のそのまた離島という国許の世界と余りの違いに戸惑うことも大きかった。

三人は下屋敷の門限である暮れ六ツ（午後六時）前には帰ってきた。

そのまま勤番長屋に集まり、ささやかな酒宴を張った。

又野が一年前に江戸に来ていたことから多少江戸の風を知っていたが、茂兵衛と佐々野は初めての江戸見物で驚きを隠せないでいた。

「ほんにおいたちは田舎者だな。こんだけ、多くの衆が町中を歩いているのに、誰一人として見知った人はおらんばい。見るも聞くも初めてのことばかりでたまがった(驚いた)」

佐々野は初めての江戸見物で興奮したのか、五島弁で盛んにまくし立てていた。

「江戸には何でもあるかも知れんが、どうも落ち着かんばい。おいは海や山が身近にある五島の方がよかばい。貴公はどう思うね」

又野は興奮気味の佐々野をなだめるようにして、茂兵衛の意見を求めた。

「おいもせわしなか気がした。確かにご公儀のお膝元でそのご威光には驚いたが、正直に申すと、わいは商人という者のたくましさと秘められた力を感じた。日本橋界隈の大店の豊かさと浅草の庶民のたくましさは他の地域にはないものだ」

茂兵衛は率直に感じたことを述べた。九州の鹿児島や熊本などの大きな城下町は多少知ってはいるが、江戸の町は遥かに市街地の規模が大きく、人も多く混沌としていた。

それでも酒を飲みながら話すことは決まって国許の自慢話となってしまう。

やがて関東の地にも長雨の季節が来た。仕事は伝兵衛について勘定帳の整理をこまめにやることぐらいで、いつも半日で長屋に戻る生活であった。長屋では五島から持ってきたスルメやアジやアゴ（トビウオ）の干物を焼いて食べることが多かった。味噌や漬物は下屋敷内で自給しており、勤番衆はそれを分け与えられることで少しでも負担が少なるようになっていた。

単調な日々を繰り返しながらいつの間にか月日は流れ、江戸屋敷での生活もあっという間に数年が過ぎ去った。

この間、参勤交代制などの諸制度が導入され、誰も幕府に弓を弾く大名はいなくなった。対外的にもたて続けに海外との貿易統制を図り、寛永十六年（一六三九）にはポルトガル人の来航禁止を断行し、続いて寛永十八年にはそれまで平戸にいたオランダ人を長崎の出島に移した。いわゆる鎖国体制が確立した。ここに幕藩体制の完成をみて、徳川幕府は盤石となり、太平の世が続くことになった。

江戸での生活は、あらゆる最先端の文化や芸術などに触れることはもちろん、幕府の政治体制の動きを肌で感じることができて、刺激的である反面すべてに金銭が物を言う社会であった。

江戸藩邸に詰める勤番侍とも長いこと接してきたが、彼らは二三年で交代しながら国許に帰っていく。

武士の生活は、非生産的なもので専ら徒食のみの人々で、いのちの糧となる食料や生活必需品の一切まで百姓や町人に依存していることが分かってきた。そのことを考えると藩邸に住まっていたずらに無為の生活を送る日々に耐えられなくなってきた。

明暦元年(一六五五)の四月一日だった。茂兵衛は長い間胸に秘めた思いを伝えるべく、時の江戸家老貞方徳左衛門を訪ねた。予め用向きの内容は前々から手紙で伝えてあった。

「手紙は読ませてもらった。この藩邸を立ち退き、武士を辞めて町人になりたいとの願いであるが確かであるか」

此度の家老は切れ者と聞いていたが、いきなり要点のみ切り出してきた。

「左様でございます。私もこの藩邸にお世話になりまして早いもので、十六年になりました。いつまでも藩侯のお世話になり続けることが心苦しくなりました。聞けば、西海の島々では何組もの勇魚取りが出来て大層な景気と聞き及んでいます。ついては二三年江戸で商売の修業をして宇久島に帰ろうと覚悟しました」

「なるほど。貴殿の言うことも一理ある。まして、貴殿は先祖代々の家中の士ではなくて、その身は殿お預かりの侍でしかない。宇久島に帰り、島の発展に尽くすことも立派なご奉公である。このことは盛勝公も承知している。ついては殿はこれまでの貴殿の功に報いるため白銀村の下屋敷予定地近くに百姓家を一軒購入して、貴殿に下げ渡するとのことである。有難く受けられよ」

「これまでの御恩を顧みず、誠に我儘な振る舞いで恐れ入る次第です。藩邸の皆様方には長い間本当にお世話になりました」

こうして、長い藩邸長屋住まいから、白金村の小さな百姓家に住まうことになった。四十を過ぎて、嫁もいない気ままな一人暮らしが始まった。近くの百姓から小さな畑を借りて野菜などを作り、出来るだけ自給するような生活を送った。また、近隣の百姓の子供たちを集めては、読み書きの習い事を教えた。

時間があれば日本橋や浅草界隈に出かけては、大店の品揃えや番頭の掛け声を聞いて回った。勿論、大小を腰に差すこともなく、髷も町人髷に結い上げている。

明暦二年の夏、真輔から一通の手紙がもたらされた。茂兵衛は予め江戸での生活を切り上げて宇久島に帰りたいとの思いを伝えていた。一方の真輔も前々から茂兵衛の江戸での生活を案じていた。手紙には今すぐにでも宇久島に帰ってくるようにとの誘いだった。真輔は平村で町人になって、今では一隻の船持ちになっているという。このまま江戸で朽ち果てて無為に過ごすより、残りの人生を宇久島で再出発するのも悪くないと思ってきた。茂兵衛はいよいよ江戸での生活を切り上げる時が来たと決断した。十八年にも及ぶ江戸での暮らしであった。

# 第二章

# 宇久島に帰る

長い江戸での生活を切り上げて、再び宇久島に帰ってきたときは明暦二年（一六五六）の秋で四十六なっていた。当時としては隠居してもおかしくない年齢であった。

江戸からひたすら陸路を歩いて平戸まで来た。平戸から小値賀島の笛吹までの間は頻繁に船が行き来していた。平戸で旅宿の手代に小値賀行きの船に乗りたいと言ったら、その日のうちに手配してくれた。小値賀島は平戸松浦藩の領分で、笛吹・前方・柳の三つの村からなっていた。島の中心は笛吹村で、松浦藩の出先としての代官所や郡役所などが置かれていた。江戸時代の初期から、捕鯨業や廻船業さらには酒造業などの産業が栄え、天明年間には笛吹の町だけで百数十軒の商家が軒を並べていた。島の人口も江戸中期には七千人を超え、五島の島の中では最も活気にあふれていた。

笛吹の港に降り立つと、目の前には平戸藩の御用商人で、西海でも有力な商人の一人である小田家の豪勢な屋敷があった。街並みはとても西の果ての小さな島の町とは思えなかった。笛吹の港から宇久島の神浦港までは北に一里半程度の距離で伝馬船でも渡れる距離である。茂兵衛は明日の昼過ぎに神浦港に着くので迎えに来てもらいたい旨の手紙を笛吹に来ていた宇久島の漁師に託した。翌日の朝、笛吹の漁師を雇って伝馬で宇久島の神浦港を目指して船出した。一刻もしないうちに神浦の港に入った。

港には真輔が出迎えに来てくれているだろう。真輔には、江戸での暮らしぶりは江戸勤番侍が帰国するたびに手紙を預けて伝えていた。

十八年ぶりに見る神浦の町は、多くの商家が建ち並び随分と家数が増えていた。船着き場の船番所で藩の発行した手形を見せて上陸すると、一人の恰幅のいい男が満面の笑顔でこちらを見つめていた。

「真輔どんな？」

「兄者、おやっとさあー（お疲れさまです）」

「おお、真どん。元気だったか、達者でおったんか」

「兄者も元気なご様子で安堵しました」

と言いながら二人は固く肩を抱き、しばらく言葉を発することなく立ちすくんでいた。

「真輔、大きくなったな。分からんじゃったよ」

横に並ぶと背格好はほぼ同じくらいであったが、横幅のある真輔の方が大きく見えた。

「お互い十八年も見んと分かんようになったばい。それにしてもよか男ぶりになった」

茂兵衛は何度も真輔を見つめながらその肩をたたいた。

「兄者は昔と何も変わっておらんですよ」

「何《なん》ば言う。この頭を見てみろ、すっかり白くなってしまった。体の肉も随分と落ちてしまったばい」

「町人髷が良く似合っていますよ」

真輔が茂兵衛の町人姿を褒めると、嬉しそうに港の沖を見つめていた。

「腰の物を捨てると気楽なもんさ。それにしても神浦の港も十八年も見ないと随分と変わったな」

茂兵衛は懐かしそうに周囲の街並みを見渡した。

「変わったのは兄者も同じです。すっかり町人姿が板についていますよ」

言われてみれば、十八年前にこの神浦を旅立つときは二本差しの侍姿のままだったことが遠い昔のことのように思えた。

「兄者、そこの泉屋に部屋を設けています。今夜は夜明かしで江戸の積もる話ば聞かせてください」

「懐かしかね。おいたち二人が初めて宇久島に来た時に泊まった宿たいな」

茂兵衛は真輔の心配りが嬉しかった。妻もなく、まして頼りであった大久保様もいない宇久島でたった一人の家族といってよい存在だった。

旅宿泉屋は繁盛しているのか、一回り大きな店構えになっていて、茂兵衛と真輔を見ると何人かの使用人が頭を下げて挨拶した。店の中には醤油・酢・味噌・油・酒などの樽がいくつも並んでいた。

二階の客間に案内されると、そこに宴席が設けていて、大きな船盛には刺身や伊勢海老などの山海の珍味が山盛りに料理されていた。

「これは伊集院の旦那様。お久しぶりでございます。当宿に二十年前に投宿してもらって以来でお懐かしゅうございます。お連れの平屋様《たいら》には日頃から大層世話になっています。今夜は十八年ぶりのご再会で積もる話もありましょう。ゆっくりと休んでください」

久しぶりに見る泉屋の主人は、髷も白くなりすっかり好々爺になっていた。

主人の話では、真輔は平村で廻船問屋を営んでいて、平戸や博多遠くは大坂あたりまで薪や炭さらには干鰯《ほしか》などの積み荷を運んでいるとのことであった。

「兄者。十八年もの江戸での暮らし、改めてお疲れさまでした」

真輔は心から茂兵衛の江戸での長い生活を労わった。

酒が入り、座が和んでくると十八年もの空白の時間は吹っ飛び、二人は若い日に戻ったように話が尽きなかった。

「ところで兄者、この先どがんしていくお考えですか」

「正直なところ、わしにも分からんとばい。しばらくは江戸の垢を落とし、ゆっくりしようと思ちょる」

「ゆっくりやってくださない。おいも今では所帯ば持ち、子供も二人ばかり授かりました。お住まいの方は、おいの方でご用意させていただきます」

茂兵衛は何から何まで真輔が配慮してくれていることが、驚きとともに嬉しかった。

その夜は遅くまで飲んで、疲れ果てて二人で枕を並べて横になったものの、二十年前に不安な思いで眠れない夜を過ごしたことが走馬灯のように脳裏をかすめた。

翌朝、目が覚めて、宿の朝飯を食べ終えると平村の真輔の家に向かった。

久しぶりに歩く宇久島の風景は何も変わっていなかった。遠く五島灘の海原を見ると、どこまでも青く輝き透明な光りに満ちていた。野山は秋の気配が濃くなり、道端には野イチゴが黄色く色づいていた。花を咲かせた草草も、実を結んだ樹々も枯れて葉を落とし、一年の営みを終えようとしていた。四季の移り変わりの中でも晩秋の季節の静かな美しさは何か特別なものがある。

「やっぱり、俺はこうした何気ない里山の中での暮らしが性にあっているかも知れない」

茂兵衛は目の前に広がる青い海原を眺めながら、ここで生きていこうと思った。

久しぶりに見る平村は随分と様変わりしていた。港の前面に遠浅の砂浜が広がり、神浦の港と比べ条件は劣っているが、以前より大きな石積みの桟橋も作られ小型の船ならば横付けられるようになっていた。村の中も大きな商家が何軒か軒を並べていて、人家も多くなっていた。海岸通りには、潮と風除けのための黒松が植えられていた。家々には風除けの野面積みの石垣がどの家でも人の背高ほどに積まれている。海岸沿いの松林の中に呉服屋、醤油屋、油屋、豆腐屋、金物屋、鍛冶屋、旅籠屋など日常生活に不可欠な商家が軒をならべていた。

真輔の船問屋は船倉という地域で、平の村中では最も人家が密集している場所だった。渡瀬川という小さな小川に沿って何軒かの旅籠や小間物屋が立ち並んでいた。川が海にそそぐ東側に間口五間ほどの瓦葺の立派な平屋の店構えであった。

玄関先には「平屋」という屋号を染め抜いた暖簾が風に吹かれていた。

「兄者、ここです。ここがおいの城です。まだ、百五十石積みの船一隻しか持っていませんが、何とか暮らしは立っています」

茂兵衛は真輔の説明に相槌を打ちながら周りをじっくりと眺めていた。

「立派なものだよ。ここまで来るにはさぞ苦労したことだろうな」

「いろいろとありましたが、子供時分から兄者に厳しく教えられてきた賜物と感謝しています」

「わしは何もお前にしてやれなかった。全てはお前の才覚と苦労の賜物で見上げたものだよ。それにしても船一隻となると大変な銭がかかっただろうな」

「船は五年前に赤間ヶ関の商人の紹介で六年物の弁財船を買いました。金貨で百両ほどでしたが、方々からの借金ですよ」と真輔は笑って答えた。

廻船業は儲けも多いが、反面ひとたび海難事故にあうと一度に全てを失う危険な商売でもあった。

「何はともあれ、今日からの住むところば見に行きましょう」

真輔は、店から西へ数丁歩いたところにある神島神社横の貸家に茂兵衛を案内した。二間ほどの小さな家だったが一人暮らしの茂兵衛には十分すぎるほどの広さだった。

「兄者、不便かも知れませんが、しばらくはここでお暮らしください。何かあれば、おいの女房がすぐにかけ付けられますので安心です」

「何から何まですまんな」

茂兵衛は真輔の配慮と親切に心から感謝せずにはいられなかった。

「兄者、ここでしばらくはゆっくりとお過ごしください。こちらの水に慣れてきたら船にでも乗りませんか。おいは月に何回かは博多や長崎あたりに船荷を積んで出かけます。毎年春先になると遠く大坂まで干鰯を運んだりします。世間を見て歩くのも気休めになりますよ」

「ああ、それは有難い。お前の邪魔にならなければ是非そうさせて貰いたい」

その夜は真輔の屋敷で茂兵衛の長い江戸暮らしの慰労会が行われた。

真輔の家族は妻のまつと長男勘助六歳と妹のしげ三歳の四人家族だった。まつは飯良村の出身で二十六歳であった。真輔のまじめな性格が現れたのか、長男は勘左衛門から一字、長女は茂兵衛のしげの文字から命名していた。

久しぶりに思い切り酒を飲んだような気がした。真輔と酌み交わす酒がたまらなく嬉しかった。

翌朝起きると、小さな玄関先に布巾《ふきん》を被せて朝飯の膳が用意されていた。真輔の差し金と分かってはいたがその気遣いが嬉しかった。

何をさておいても宇久島での新しい第一歩の始まりだった。茂兵衛は髪を整えると歩いてすぐの神島神社に参拝に行った。これまで元気で生きてこれたことへの感謝とこれから先の幸せを願い、長いこと神前の前で頭《こうべ》を下げた。

茂兵衛は十八年ぶりに帰ってきた平の村中を何度も何度も歩いて回った。大久保様をはじめとした古くからの地侍が福江城下に移住してからは、何年かに一度赴任してくる代官所の小役人によって治安が維持されていた。宇久島に来て十日もすると何もすることが無くなった。江戸でも暇を持て余していたが、ここでは真輔以外の知り合いもなく、どうしても部屋に閉じこもりがちとなった。

何もすることがなく部屋で横になっていると、真輔が尋ねてきた。

「兄者、どがんしちょとかな。退屈しちょるとじゃなかね」

真輔は心配そうに聞いてきた。

「暇なことがこんなに辛かこととは思わんかった」

茂兵衛は正直に今の気持ちを伝えた。

「兄者、三日後に博多の港まで五島の干鰯と薪二百束程を運ぶことになっているが、一緒に行かんですか。何も考えずに船旅を楽しんでください。海に出ると気持ちが晴れますよ」

干鰯は江戸時代の初期になって、急速に普及した魚肥で、イワシを乾燥させたものだった。特に、木綿や野菜の栽培に効果があるとされ、綿花栽培の盛んな河内方面で特に需要が高かった。その当時大量にイワシが取れた五島は干鰯の生産地として名が通っていた。

「分かった。船に乗せてもらうよ。迷惑じゃなかね」

「何《なん》ば言うとですか。江戸で十八年もご苦労されてきたのですから、ゆっくり骨休めするのは当然です」

真輔が所有する船はこの頃の廻船の主役であった弁財船といわれる船で、船長三丈一尺

（九・四メートル）、船幅一丈四尺（四・四メートル）帆船で、船首が尖った独特の作りで、船の中央の帆柱には大きな木綿帆を使っていた。積載量は百五十石前後の積み荷に耐えられる作りだった。

沖船頭には神浦で人柄と能力が見込まれていた弁蔵という四十過ぎの者を雇った。廻船商売は、ひとえに沖船頭の優劣が儲けを大きく左右した。どこの港にどんな荷を運べば利益が出るか、また帰り船にはどんな荷を仕入れ、どこの港で売り捌けるかといった広範な知識と判断力や人脈が求められた。そのほかの梶取を含めた四人の水主は宇久島出身者で固めていた。

三日後の早朝、五島灘から昇る朝日を浴びて、丸に平と染め抜かれた帆を風に孕ませながら「宇久丸」は静かに平の港を離れた。

潮風が何ともうまい。積み荷は叺《かます》に詰め込まれた百俵余りの干鰯と二百束の樫や松材の薪の他に、新炭を百俵ほど積み込んでいた。目指す博多港までは一泊二日の航路である。

## 船旅

宇久丸はゆっくりと五島灘を越えて玄界灘に向かって帆を進めた。

波も穏やかで、海面はどこまでも濃い緑色に染まっていた。

このあたりの海流は対馬海流の暖流が流れていて、その潮の流れに乗れば一日もあれば唐津あたりには達することができた。

船は南風《はえ》の風に帆を膨らませて順調に北上している。

朝日に照らされて、五島灘がまぶしく光り輝いていた。潮のにおいと海面を吹き抜ける風が何とも心地よい。

茂兵衛は船上から二十年前に見た風景を思い浮かべていた。右手には平戸島の峰々が南北に長く横たわっていた。やがて宇久丸は平戸島と生月島の間を通り過ぎた。今度は目の前に的山《あづち》大島という大きな山の峰を持つ島が見えてきた。的山大島の先には平べったい壱岐の島が霞んで見えている。

島と島の間を縫うように北東に向けて進んでいる。舳先の先には島々の濃い緑の松並木が見えていた。

真輔の言うように海は良いなと思った。すべてが洗い流され、世間の雑用から解き放たれた気がする。空と海が交差する水平線のかなたを見ていると気持ちが大らかになり爽快な感じになってくるのが分かった。

「兄者、右手に見えてきた小さな島が加部島ですよ。二十年前、呼子浦を出て初めて見た島です」

「そうか。このあたりから俺たちは宇久島目指して船出したのだな。懐かしいの〜」

茂兵衛は宇久丸の船縁に身を乗り出し感慨深そうに周りの島々を見つめていた。

やがて陽が傾いて、鮮やかな夕焼けが海面を染めていた。宇久丸は緩やかに舵を切ると、遠くに起伏していた入り江の丘陵の緑が少しずつ濃くなってきた。目の前には呼子浦の港があった。そこは茂兵衛と真輔にとっては忘れられない土地であった。

「兄者、今日は呼子の船宿に一泊して、明日早くここを出立します。明日の昼過ぎには博多の港に着く段取りです」

真輔は港に船を係留すると水夫五人を船に残して、茂兵衛と二人で見覚えのある道を歩いた。愛宕神社下にある船宿「小川島」の小さな提灯の灯りが見えてきた。

「兄者、覚えておいでですか。昔、この船宿に泊まって、朝もやの中を五島目指して船出した場所ですよ」

「よく覚えておるよ。本当に時の過ぎるのは早いものだな。ここでお前と不安な気持ちを抑えて眠れない夜を過ごしたことが昨日のような気がするよ」

若かった二人が確たる目的もなく、ただ叔父の伊集院半兵衛の言葉だけを信じて初めての船旅に出たところであった。

「人生の流転と言えばそれまでだが、巡りあわせとは不思議なものだ。十八年前に江戸に出て、二度と宇久島に帰ることはないと思っていたが、今また振り出しに戻ってしまった」

茂兵衛は何かを訴えるかのように横で寝ている真輔に言った。

「兄者、宇久島が兄者を呼んだのです。この島にこそ兄者の生きる道があるのです」

枕を並べてつらつらと話しているうちに、いつの間にか二人は深い眠りに落ちた。

翌朝起きると、奥深い入り江の呼子の港は濃い霧に包まれていた。五人の水主の体は霧に濡れながら手早く船の帆を上げると、宇久丸はゆっくりと呼子の港を離れた。目指す博多の港はここから海上約八里ほどの距離である。海さえ荒れていなければ昼過ぎには十分に博多の港に入れる。

外海の玄界灘に出た宇久丸は、九州本土を右に見て航行した。白波が打ち寄せる海岸沿いには数万本の黒松が延々と生い茂って、まるで一幅の絵を見るようだった。一刻（二時間）も走ると、遠くに二つの小さな島が見えてきた。

「兄者、志賀島と能古島が見えてきました。あの島と島の間を抜けると博多の港です」

真輔は舳先に立って指さしながら教えてくれた。

島と島とが博多湾の防波堤のようになっていて、港の奥には幾千もの人家が立ち並んでいる光景が目に入った。

「なるほど、博多は日本最古の港と言われるだけのことはあるばい。それにしても港が広かね」

宇久島という小さな物差しからすると別世界であった。

波ひとつない奥行きのある博多の港には大小様々な船が行き交っていた。どの船も商い船で全国各地から様々な荷物を届けては、また新たに積み込んで出ていくのであった。

宇久丸はゆっくりと那珂川河口にある波止場の係留場所に向かっていた。

岸壁に船を寄せて係留しても、別に船改めがあるわけでもなく、自由に上陸できた。

「兄者、博多の町は町人だけの町です。大名も武士もおらんとです。町人が支配する町で、すべてが自由です。ただ商売での約束事は絶対で、いったん約束を違えると二度とこの博多の港には出入りできんことになっちょります」

「それはそれで厳しかもんだな。何でも自分の胸の内で決することが一番難しいことだよ」

那珂川と御笠川に囲まれた地域を博多といった。博多は商人だけが住む特別な地域であった。那珂川を挟んだ西の地域を福岡といった。黒田長政はこの福岡の地に慶長六年から七年もの歳月をかけて巨大な城を築いた。

船を降りて那珂川の河口を二丁ばかり行ったところに須崎橋という大きな橋があった。その橋の袂から博多川という支流が流れていた。その支流に沿って歩いていくと櫛田神社の鬱蒼とした森が見えてきた。「肥前屋」はその櫛田神社の西側で博多川に面していた。

「兄者、ここの肥前屋の主人が今回の積み荷の注文主です。元は長崎の深浦のお人で、十年ほど前にこれからの先行きを見越してこの地に店を出したとのことですばい。手広く商いしており、使用人も十人は下りません。今回の干鰯のような海産物から炭、薪、菜種油などば扱っております」

「商人は時代の先々まで見通す力のある者が商機を掴むのだな。それにしてもこんな大きな店構えのところと取引ができるとは驚いたよ」

「お会いしてもらうと分かりますが、肥前屋さんは誠に立派な方で兄者によく似ています」

二人は肥前屋と書かれた大きな暖簾をくぐった。

「御免ください。五島の平屋《たいら》です。旦那様はいらしゃいますか」

すぐに番頭と思われる中年の腰の低い男が現れた。

「これは平屋様ご無沙汰しています。今お着きでしたか。本日お着きと聞いていたので、主人吉兵衛も在宅しています。どうぞ奥の方にいらしてください」

肥前屋の番頭助三郎はそのまま真輔と茂兵衛の二人を店の奥にある座敷に案内した。

よく手入れされた中庭に面した十畳ほどの座敷にはすでに吉兵衛が座って待っていた。

「これは平屋様、ご無沙汰しています。ささ、ゆるりと休んでください」

と吉兵衛が言うとすぐに大ぶりの湯飲み茶わんを持った若い娘が現れ、二人の前に品のいい仕草でお茶をおいた。

「手前の娘でてると申します。以後お見知りおき願います」

吉兵衛は娘を紹介すると、てるというその娘は軽く挨拶し終えるとすぐに座敷を離れた。

「美しか娘さんですね。さぞ縁談にご苦労されているでしょう」

「十八になりますが、いまだ縁がなくて困っています。平屋さんどこかにいいご縁があればご紹介くださいよ」

吉兵衛はまんざらでもなさそうにニコニコしながら話した。

「そうそう、本日は是非吉兵衛様にご紹介したいお人ばお連れしました。私の叔父で山田茂兵衛と申します。つい最近まで江戸で十八年間過ごして、宇久島に帰ってきたばかりです。これから商売ば始めようと只今修業中です」

「お初にお目にかかります。山田茂兵衛と申します。年を重ねてお恥ずかしい限りですが、いま甥の真輔が申したようにこれから商売を始めようと思案しています。どうかよろしくご指南して頂きますよう願い申し上げます」

茂兵衛は初めて見る年下の吉兵衛に丁寧に挨拶したが、いまだ侍風が抜けず我ながらぎこちない思いがしていた。

「山田様の身のこなしや話しぶりからすると、もとはお武家様ではないかと思っていました。失礼ながらあなた様のお年で商売を始めようとのことただただ感服しています。物事を始めるのに早い遅いはありません。商売は思いついた時が好機です。手前どもにできることがあれば何なりとご相談ください」

お互いの紹介も終え、話題は昨今の博多の様子や商売の話となった。

「黒田様の御城下の福岡の区割りも年を増すごとに整備され、さすがに四十三万石の重みを感じます。また、この博多の町もそれに劣らずの発展ぶりで来るたびに驚かされます。嶋井宗室、神谷宗湛、大賀宗丸、伊藤小左衛門様などのお屋敷や店構えを見るたびに驚かされます。われらのような小商いの者でも心に感じるものがあります」

真輔は、博多の町の急激な発展と巨大な財力を持つ商人の台頭を見るにつけ、これからの自分の商売の先ゆきに少しの自信と勇気が湧いてくるのを感じた。

その夜は、博多柳町の料理屋に招かれた。

賑やかな花柳街で何軒かの料亭や旅宿などが軒を並べていた。

「卯の花」と染め抜かれた赤い暖簾をくぐり、広い座敷に通された。

二人は年こそ重ねているが、こうした酒席の経験は少なく、何もかもが初めての体験だった。

「茂兵衛さん、平屋さん、今夜は大いに飲み明かしましょう。ささ、気楽にしてください」

すぐに何人かの芸者衆が座敷に現れて、賑やかな宴席となった。

吉兵衛は茂兵衛のこれまでの体験などに非常に興味を示し、古くからの友人であったように接してくれた。

「兄者、よかったですね。吉兵衛さんはこれからのお人です。兄者にとっても何かとお役に立つ人と思います。生意気なようですが、人の運はいかに有為なお人に巡り合えるかだと思います」

「わしもそう思うよ。いい人を紹介してもらい感謝しているよ」

翌朝、再び出立の挨拶を兼ねて肥前屋を訪れた。

吉兵衛の娘が持ってきた熱いお茶が、二日酔いでいまだ頭がスッキリとしない二人には甘露のように感じた。

「吉兵衛さん、昨夜は遅くまでお付き合いいただき誠に有り難く存じます。また、積み荷の代金もお約束通り頂き重ねてお礼申し上げます。あと一日ほど博多に泊まり、島で必要な古着や金物類の雑貨などを買って帰る予定です」

「手前も久しぶりに楽しいお酒が飲めました。茂兵衛さんと知り合えて本当に良かった。また、当地に来られることもありましたら、何時でも気軽にお立ち寄りください」

肥前屋吉兵衛はいい商いができたことと、茂兵衛と会えたことが無性に嬉しそうだった。

肥前屋を出た二人は、東に数丁歩いたところにある呉服町というところで、農作業用の古着、女物の着物、子供の古着、下駄や古ふとん、さらには大量の布のハギレ等を仕入れ、また、古い鍋や茶碗などの日用雑貨なども大量に仕入れた。島では物の流通が悪く、物はあっても一部の商人に独占的に高い値がつけられていて、農漁民はいつまでたっても貧しい生活だった。一般的な士農工商の身分の定めは、こと離島にあっては士商工農の順であり、物を支配する商人こそが島の主人であった。

多くの古物の仕入れを終えた宇久丸は五日後には平の港に帰ってきた。

## 海に生きる人々

あっという間の旅だった。茂兵衛は心身とも若返ったような気がした。それにしても真輔には教えられることばかりだった。

「武家社会は身分だ、家柄だと、しがらみに固執して、社会に対して何一つ生み出さない徒食の輩でしかないことが身に染みて分かった。ああ、わしの江戸での十八年間は何だったのか」

江戸藩邸での形式的で型にはまった暮らしぶりと、商いの世界は全く異なっていた。後悔しても始まらないと分かっていても、ついつい虚しさがこみあげてきた。

「人はどう生きるかじゃなくて、どう生きたかである。幸いにわしはまだ心身とも丈夫じゃないか。これからいくらでもやり直せるのだ」

茂兵衛は自らを鼓舞して、精力的に村々を見てまわり、この島の実態を把握し、今何がこの島に求められているのかを模索するようになった。

宇久島は小さな島である。島全体で戸数五百戸に満たない小さな島だった。お椀を伏せたような地形の島で、島の中央にそびえる城ヶ岳の裾野が緩やかに傾斜し、そのまま海岸線に落ち込んでいる。人の足でも一日もあれば島を巡ることができるくらいの面積である。海岸線は複雑に入り組んでいて、南部の海岸は比較的遠浅の海が広がり、アワビやサザエの巣になっている。一方北部の海岸は海食崖が激しく人を寄せ付けない断崖が多い。このため、北西の季節風をまともに受ける北部地域には海岸集落はほとんど見られない。農地は城ヶ岳の裾野の浸食谷に水田が作られ、丘陵地は畑となって利用されている。専ら漁業を生業とした小集落が多く、平、神浦、野方、下山、古里、木場等の小さな港があった。港としての機能は奥深い入り江と水深を持つ神浦港が最も優れていたが、最近では東西に広く、南に開かれた平港が著しく発展してきていた。

島に生きる人々の暮らしは貧しく、悲惨だった。土地はやせて、これといった産業もなく、もっぱら農業と漁業に従事するしかない、いわば自給自足に近い生活だった。年貢を納めると手元には何一つ残らなかった。九州本土から遠く離れた小さな島ゆえにほかの地域の人々との交流は少なく、島人はどうしても内向的で排他的な性格になりがちであった。小さな島でそれも火山台地の痩せた土地で、周囲は東シナ海の荒海である。秋になると決まったように大風(台風)が何度となく吹き荒れ、そのたびに田畑は荒れ、家々は潰れ、船は流された。また、いったん疫病が流行ると多くの死人が出た。飢餓と貧困は日常だった。

それでも春になると島中に椿の花や菜の花が咲き乱れた。海岸に出るとワカメ・テングサ・メカブ・アオサなどが手掴みで採れるほど密集していた。魚が食べたければ、ちょっと釣り糸を垂れるとアジやオコゼなどの小魚がいくらでも釣れた。「ミナ」と呼ばれた小さな巻貝は海岸を歩くといくらでもころがっていて、夕食時には塩ゆでして簡単に食べられた。

野山には椿の木が密集し、冬から春にかけて真っ赤な花を咲かせた。椿の実(カタシ)からは良質な油がとれ、男は十五歳になると椿の実を一升枡一杯の割合で税が課された。椿の実から採れる油は食用になるほかに髪の手入れや皮膚の手入れなどにも重宝された。

つわぶきというフキ科の植物もいたるところに自生しており、湯通して皮を剥いた後、あく抜きの水洗いをして天日干しにすると何年でも食べられる貴重な保存食になった。

農家では牛が家族同然に母屋の中で飼われていた。五島列島に古くからいる「五島牛」と呼ばれる在来種で、四肢が頑丈で性格も穏やかで農作業に適していた。

数多くの島々から構成されている五島列島は、古くから鰹《かつお》、鮪《まぐろ》、海豚《いるか》など大型の魚類が回遊する漁場として名が知られており、そのため網を張る場所の網代《あじろ》がいくつもあった。その網代の権利は加徳と言われる有力土豪が代々所有してきた。

特に中通島(古くは浦部島といった)の有川湾は代表的な漁場だった。北東方向に向かって大きく口を広げたように広がっている。有川湾の南東部の海浜部を有川浦、北西の海浜部を魚目浦といった。この魚目浦が最も魚類が多く、鮪(シビ)やブリの回遊する通り道で、数多くの網代が設けられた。このため、外部からの移住者や出稼ぎ者が増えてきていた。遠く紀州の人や泉州佐野の人が勇魚(鯨)や鮪を求めてやって来ていた。


――紀州の人が歩くと草がはえる――

百里以上の波濤を越えてやって来た人々は新しい知識と技術をもたらしてくれる貴重な

存在だった。船の作り方や網の立て方さらにはその網の種類など島の古い漁法とは大きく違っていた。彼らはそうした最新鋭の新技術を駆使して大量の漁獲を上げて帰るのであるが、島の漁民はそれを見て悔しそうにするだけだった。

そんな外部の人たちに触れることによって、少しずつではあるが五島の島々の暮らしも変わりつつあった。しかし、山が海に迫り、耕作する土地が極端に少ない島の生活は常に飢饉と隣り合わせの貧しい暮らしであった。

火山台地で覆われた宇久島も、農業に適する土地は少なく、おのずと周りを海に囲まれた環境から漁業が主な生業であった。そのためひとたび疱瘡などの流行り病に襲われるとすぐに飢餓に瀕した。

博多から帰って二日後に茂兵衛は平の堀川にある海士集落を訪ねた。

「御免なされ、こちらは伊勢松さんのお宅ですか」

二十年ぶりに海士頭の伊勢松の家を訪ねたものの、果たして伊勢松が達者なのか否か不安だった。

「山田茂兵衛です。元は伊集院と名乗っていました。江戸から帰ってきましたのでご挨拶に伺いました」

「何と、伊集院の旦那とな」

小さな建屋の中から、聞き覚えのある声が聞こえてきた。上り口の引き戸が開かれると、骨格のたくましい白い髭をたくわえた老人が現れた。

「おお、ほんなこて伊集院の旦那たい。たまげたばい。ささ、そんなところにおらんで中に入らんですか」

茂兵衛は狭い土間に転がっている漁具をよけながら、囲炉裏のある六畳ばかりの板の間に上がった。

「頭、久しぶりです。江戸から、十八年ぶりに宇久島に帰ってきました。見ての通り侍をやめて今は一介の町人です。その節はお世話になりました」

目の前の横座に座る伊勢松はすっかり好々爺といった感じで、いかにも十八年の歳月を感じさせた。

「たまがったばい。お達者でしたか。わしも海士頭を降りてもう十年近くになります。今では佐吉という者が海士頭を務めています。お侍を辞められて町人になったとのことですが、何かあったのですか」

「いろいろと考えるところがあってのことです。昔仕えた大久保様も福江城下住まいで、離れ離れになってしまいました。江戸に十八年もの間いましたが、九州の田舎と江戸の暮らしは天と地のように違います。将軍のお膝元の江戸は全く華やかで、同じ日の本の国にあってこんなに違ってよいものだろうかと思っていました。その違いを作っているのは大名や武士の力でなく、町衆の力であることが分かりました。五十を目前にしての人生のやり直しです」

伊勢松は、びっくりしたような表情で茂兵衛をしばらく見つめていた。

「この田舎では侍は百姓の上に立っています。そのご身分を投げ捨てて、これから何の商売ばすっとですか」

「これといった当てはない。幸いわしは独り身なので気楽な稼業だ。そんなことから頭にこの島で今何が求められているかを聞きに来たのだ」

「まったく恐れ入ったお人だ。金儲けを生業にする商売は特に難しい稼業だ。何の当てもなくよく思い切られたもんだ」

伊勢松は立ち上がると流し台の上の戸棚を開けて一升徳利を持ってきた。

「かかあを亡くしたもんで、わしもやもめ暮らしです。さあ、一杯やりながら話しましょう。昔から、茂兵衛さんの話はわしらをびっくりさせることばかりでした。ぐぃーとやってください」

伊勢松は自分でついだ酒を飲み干すと、その盃を茂兵衛に渡してなみなみと酒を注いだ。

「昔と違うことは、最近では勇魚取りの組が何組も立ち上がっています。隣の小値賀島、中通島の魚目や有川浦には他所からきて勇魚取りをしています。大業なもので地元の百姓衆も水主として雇われて船に乗ったり、陸の納屋場で勇魚の解体作業をしていますよ」

茂兵衛もそのことは聞き知っていて、いろんな場所で勇魚取りの様子を聞いて関心を持っていた。五島は多くの鯨が回遊する場所で、冬の「下りクジラ」、春の「上りクジラ」と何千、何万もの鯨が五島の沿岸を通過していった。

「何でも勇魚に銛を打ち込む羽差と呼ばれる衆に、この平に住む海士が向いているとのことで、すでに何人かは雇われている者もいますよ」

五島の勇魚取りについては、慶長年間に紀州熊野浦の裏佐平という人が始めたと言われている。その後有川村庄屋、江口甚左衛門が寛永三年（一六二六）に紀州湯浅の庄助と組んで鯨突きを始めたとされるがその詳しい内容は定かでない。同じ頃、対岸の魚目浦でも川崎伝右衛門が鯨突き業を始めている。

「それと、お家が福江と富江に別れるということでいろいろと騒ぎになっていますよ。この宇久島もいずれは村々がどちらかに分割されるのではないかと不安な毎日です。小さな島で藩が違うとなるといろいろと面倒なことも考えられます」

茂兵衛は五島藩という僅かに一万五千石の小藩がさらに分割されることに、この島の先々を思わずにはいられなかった。

## 富江分知

明暦元年（一六五五）十月十九日、五島家二十三代盛次が三十八歳で逝去する。その子盛勝は僅かに十一歳だったため、幕府は盛次の弟盛清（二十八歳）を後見人と定めた。この時、本藩一万五千三十石の内三千石の分与が認められ、盛清は柳の間詰、交代寄合の旗本表高家に任じられた。

萬治二年（一六五九）になると盛勝が無事に元服したため、五年間務めた後見役を免じられた。幕府はそれまでの盛清の功績を認めて富江に分藩することを認めた。分藩に当たっては、領地や家臣の数に至っても五分の一とした。五島五十六村の内、富江をはじめとした二十村が富江領になり、同年の十一月には富江に藩庁となる陣屋を作り、江戸の鉄砲洲にも上屋敷を構えた。

藩士の数四十八名、内、家老三名の陣容であった。家老三名は、次の者であった。桂宇兵衛、今利与三兵衛、玉浦弥一兵衛、いずれも五島藩を代表する逸材ばかりであった。

寛文四年（一六六四）には分知による領地の仕分も定まった。新たに立藩した富江藩の知行地は宇久島の三か村（神浦・飯良・小浜）、上五島の青方、魚目などの七か村、それと樺島全島であった。
宇久島は富江藩の分知により、島が福江藩と富江藩の二つに分轄された。ちなみに宇久島総石高三千石のうち、新たに富江領となった村々の石高は次の通りであった。

神浦村　五百石　家数六十一軒、人口二百八十八人
小浜村　四百五十石（長野・蒲村・下山・小浜）
飯良村　三百二十三石

都合、千二百七十三石であったのに対して、本家五島藩（分割後は福江藩）の宇久島の石高は次の通りになった。

平村　八百五十二石
木場村　三百五十六石
太田江村　二百五十七石
寺島村　百六十四石
飯良村　七十一石（飯良村の一部を福江領とした）

都合、千七百石で、福江藩五十七パーセント、富江藩四十三パーセントの割合で分割された。

宇久平から福江城下まで海上二十一里（八十四キロメートル）、富江陣屋まで二十六里（百四キロメートル）で、大坂までは海上二百六十五里（千六十キロメートル）、大坂から江戸まで陸路百三十三里（五百三十二キロメートル）離れており、まさに日本の最西端の地で最も遠国の小大名と旗本だった。

この富江分知によって、島人の思いとは別に宇久島は二つの藩に分かれ、異なる藩の支配を受けることになった。たとえ本家、分家の血筋の濃い関係であっても、その統治手法には微妙な格差や運営の違いがあった。例えば年貢負担率については、福江は三十二パーセントに対して富江は三十二パーセントと同じであったが、富江の方が畑の負担率を少なくするなど僅かに違いがあり、また、年間の労役日数なども違っていた。貧しい暮らしの百姓にとっては、隣村との僅かな税の違いであっても、長年の間には微妙な感情の対立を生んでいった。

時代は移り、いつしか茂兵衛も五十の坂を越えていた。

「このまま何事も成さずに老いて朽ち果ててしまうのか」

一人になり考えるとこはどうしても後ろ向きになりがちだった。そんな時は、真輔に頼んで船に乗せてもらった。諸国の港を巡ることが何よりもうれしく、大いに見分が広がった。遠くは綿花畑の広がる大坂まで大量の干鰯を運び、九州では熊本や博多などに薪や塩さらには干鰯を運んだ。その都度、真輔と一緒に船に乗った。その真輔も四十二の男の厄年を迎えていた。

真輔はいつでも叔父の茂兵衛を実の兄のように遇してくれた。

「兄者、この五島の島が二つに分かれて何かと煩わしかことになってしまったもんです。何でも仲通島有川村と魚目村で海境争いが起きて揉めに揉めているらしかです」

昔から有川村は農業の村（地方《じかた》の村）、魚目村は漁業の村（浜方の村）ときれいに分かれて互いの生業を守ってきたが、藩が二つになったことから漁業の入会の問題が露わになってきたのである。

中通島の有川湾は、北に向かって長く伸びる魚目半島の付け根から北東に大きく口を開けてように五島灘に広がっている。五島灘を北上する海流が魚目半島にぶつかり、逆流して湾内に流れ込むような地形になっている。魚目半島には急峻な山々が連なり、幾筋もの小川が湾内に流れ込んでいる。魚の餌となるプランクトンが大量に発生するため小魚が多く生息していた。このため、この湾には小魚を追い求めて海が真っ黒に盛り上がる程のマグロ、カツオ、イルカ、そしてクジラまでが入ってきた。水深が深く、北陸の富山湾によく似た日本有数の漁場であった。

有川湾の地形は魚目寄りが水深が深く、逆に有川側は水深が浅かった。このため、魚目側は漁業、有川側は農業と長いことすみ分けられてきた。ここに勇魚の群れが毎年押し寄せていた。他所からきた者たちが勇魚突き漁を始め、大いに潤ったことから、地元でもなんとかしようとする機運が出来たところにこの度の分知で、魚目村は富江領、有川村は福江領と統治が分かれたため、どこまでが自領なのかで有川湾の海境争いが生じた。

「近頃は、紀州あたりから勇魚（鯨）捕りのために五島各地に多くの漁民が来て、突き捕りで勇魚を捕っている。勇魚捕りは大業なもので、小舟に乗って勇魚に銛を打つ水主やそれを運んでくる水主など何百人もの船乗りを必要とする。陸揚げした勇魚は納屋に運ばれそこで解体するらしい。何でも、勇魚は捨てるところが一つとしてなく、一頭の勇魚で七つの浦々が潤うとのことだ」

真輔は、最近五島の浦々で流行りだした鯨捕りの話に興味があるらしく、実に詳しかった。

「わしも、勇魚捕りには関心がある。お前も知っているだろうが、船倉集落の裏山を少し登ったところに旦ノ上《だんのうえ》というところがある。ここに紀州から来た漁民が何人か住み着いている。わしは、そこの松蔵という頭を訪ねたことがあるよ。松蔵は勇魚捕りの羽差として雇われ、魚目あたりまで出かけて勇魚突き漁をやっているとのことだ」

毎年冬になると暖かい海を求めて宇久島から五島列島の東海岸を大量の鯨が南下してくる。此の南下してくる鯨を「下りクジラ」といい、正月明けになるとと今度は北海の餌場を求めて同じようなコースを北上してくる。此の北上してくる鯨を「上りクジラ」といった。

茂兵衛の勇魚捕り関する調べは徹底していて、西海に突然現れた勇魚捕りの集団について事細かく調べていた。

わが国では、万葉の昔から鯨のことを「勇魚《いさな》」と呼んでいた。

「真輔どん。わしは勇魚捕りをこの五島で始めようと思案している。何せ勇魚捕りはとてつもなく大きな仕事だ。多くの水主と納屋場の働き手がいることもさることながら、何よりも多額の銭が必要になる。わしは不思議な縁でこの島にきたが、九州の陸続きの土地と違って島人の生活は余りに悲惨極まりない。何より土地が狭く仕事がないことが貧しさから抜け出せない一因である。勇魚捕りはこの島にいくつもの仕事を作り、収入を得る場を生み出す。そのためにわしは働きたい。わしは残り少ない余生を鯨と大戦《おおいくさ》しながら生涯を終えたいと思っている」

茂兵衛は人生の総仕上げとして、この島でとてつもない大きな仕事である鯨捕りにかけてみようとその胸の内を語った。

「兄者、まことによか思案と思います。このままでは折角の五島の宝がすべて余所者に持ち去られます。確かに勇魚捕りはとてつもない大業ですが、兄者なら必ずや成功するでしょう。すぐに藩に掛け合いましょう。私も今から博多や呼子の商人に出資してくれる人を探しましょう」

真輔は茂兵衛が一介の漁業家で終わってほしくなかった。食べていくだけなら最近始めたマグロやブリの大敷網で十分に生活していけるだろうが、鯨捕りというとてつもない夢に立ち向かう決心をしたことが何よりも嬉しかった。

## 江口甚右衛門

寛文三年（一六六三）の三月のはじめ、一人の若者が平村で手広くマグロの大敷網（定置網）を営んでいる茂兵衛を訪ねてきた。五島近海はおびただしいマグロ（五島ではシビといった）やブリの回遊する日本有数の漁場であった。特に宇久島から中通島に至る海域にはマグロの回遊シーズンになると、海面はマグロの群れで黒々と海が盛り上がる程だった。何十万尾のマグロが回遊する魚道は陸からも見られ、その姿は青く膨らんだ龍の背のように見えた。漁場の浦々では、網入れの季節になると大変な忙しさで、多くの村人が駆り出された。

――房州の干鰯《ほしか》、五島の鮪《しび》、松前の鯡《にしん》――

寛政年間に著わされた「日本山海名物図絵」にあるとおり、五島は日本有数のマグロの漁場であった。江戸中期以降は勢子船でマグロの内臓を取り除き、十六本を菰に巻いて柄《ひ》杓《しゃく》で海水を掛けながら生で江戸日本橋の魚河岸まで直接運んだ。江戸まで海上千六百キロメートルの距離を僅か八日ほどで走っていた。

茂兵衛は下五島の玉之浦で始まったマグロを網で囲い込んで取る五島敷をいち早く取り入れて、宇久島の近海に網を入れる網代を持っていた。

「御免くだされ。私は有川村の庄屋で江口甚右衛門と申します。山田様に是非ともお会いしたくて訪ねてきました」

甚右衛門はあらかじめ茂兵衛に面談の希望を手紙で伝えていた。

「どうぞ、中に入らんですか」

茂兵衛は船倉の海岸通りに屋敷を構えて、何人かの使用人を雇って平村では真輔の平屋と並ぶ商人になっていた。

江戸から宇久島に帰ってきた茂兵衛は、商人になるため真輔と共に各地に出かけては、自らの進路を模索していたが、五島は日本有数の漁場であることから自ずと海を舞台とした生業を選んだ。毎年時期になると溢れんばかりのシビ（鮪）が回遊してくる。このシビの大敷網漁を始めて、数年になっていた。事業は順調で、やっと先行きの目途が付いたところであった。

甚右衛門は茂兵衛が酒好きと聞いていたので、一斗入りの角樽と地元で作った手延べうどんを携えて手土産に持ってきた。

「あんたが有川村の庄屋さんですか。お噂はかねがねよく聞いていました」

茂兵衛は目の前に座る甚右衛門の余りの若さに驚いた。聞けばまだ、正保二年生まれの当年とって二十歳の若者とのことだった。慶長十六年生まれの茂兵衛とは三十四の年の差があり、親子以上の年の差があった。

ずんぐりとした体形で、頭が大きく、いかにも利発そうな感じのする若者である。

「お聞きのこととは思いますが、此度の富江分知により、有川村と魚目村は別々の殿様が支配するようになったため、有川湾の海境争いが生じています。元は一つの藩であったため、これといった争いごともなくうまくいっていましたが、藩が違うことから、厄介なことになりました」

甚右衛門は初対面の挨拶もそこそこに有川村と魚目村の領海争いについての、茂兵衛の意見を求めてきた。

有川浦と魚目浦の陸地の境界線は昔から赤ノ瀬と呼ばれるところで、そこから東側の村、七目・有川・小河原・赤尾・友栖・江ノ浜の六か村が有川浦で、西側の堀切・浦・桑木・榎津・似首・小串の六か村が魚目村である。当時の人口は有川浦が六百二十人、魚目浦が八百人程度で、いずれも十数軒の家々が僅かばかりの海辺の土地にへばりつくような寒村であった。

「宇久島でも同じだよ。こちらは村々に新しい藩境が出来て、いたるところに石杭が打たれて何かと村人が反目するようになってしまいました。しかし、そちらは海の上に境界杭を打つわけにもいかず難儀ですな」

陸での領地の確定は境界杭を入れれば事足りるが、大きな有川湾の海境争いとなると海上に目印があるわけでもなく困難だろうと年若い庄屋の甚右衛門の苦労をおもんばかった。

「昨年の春、有川浦と魚目浦の境界を決めようと、両藩の役人衆や代官が集まりました。

魚目側は庄屋川口作右衛門、有川側は私と互いの庄屋も加わり協議しましたが、魚目側は、は『有川湾は古来より魚目支配の海』、一方の有川側は『相持（入会）の海』と譲らず物別れとなりました」

甚右衛門はこれまでの海境争いについての歴史と経緯を詳しく説明し、宇久島の有力者である茂兵衛の協力を得ようと熱く語った。

「そもそも有川湾は宝の海じゃ。わしのやっているマグロの大敷網漁でも、有川湾にマグロは集まってくる。特に魚目寄りは好漁場なのでわしにとっても他人ごとではない。また、最近では紀州や平戸の衆を始めとした鯨捕りが数多く来島して我が物顔で鯨を捕っている。鯨の利は大きく、わしもこの宇久島で鯨組を興そうといろいろと調べてはいるが、如何せん鯨組は大業でわし一人の力では如何ともしがたく、悔しい思いをしているところだ」

「私も何としてもこの海境争いを穏便に解決し、いずれは有川村だけの鯨捕りの地組を興そうと考えています。あくまで地生《じば》えの鯨組で、鯨油、鯨肉などの製造から販売まで全て地元で賄う組織にしなければなりません。地元が潤う鯨組でなければならないと思っています。どうか、この先々までも山田様のご尽力を賜りますようよろしくお願いいたします」

「わしは見ての通りの老いぼれだが、どがんかしてこん宇久島ば稼ぎのある豊かな島にせんといかんと思っちょる。そんためには鯨組しかなかと思っちょったとばい。お前様の地組のお考えはまさにわしの考えていたことと同じだ。地元の百姓や商人が働いて潤うような鯨組を作らないかんとたい。甚右衛門さん、これから一緒にやっていこうばい」

「有難うございます。よろしくご指導願います。そん前に海境問題は何としても解決しなければなりません。どうかご尽力のほどをお願いします」

「堅い話はここまでだ。今夜はここに泊っていきなされ。鯨組のことについて大いに語り明かそうたい」

茂兵衛は若いが芯の強そうな有川村庄屋江口甚右衛門が、この先も一緒に仕事していけそうな心強い仲間のような気がしていた。

## 山田組立ち上げ

有川村庄屋江口甚右衛門との交誼は、毎年のように続き、いつも若い甚右衛門の情熱と郷土を思う気持ちに圧倒された。甚右衛門は「ハツ」という自分の姉を一人暮らしを決め込んでいた茂兵衛の妻として再婚させた。五十を越していた茂兵衛は真輔の仲人により、再び妻を迎えた。親子ほど年の離れたハツは平村の茂兵衛に嫁ぎ、山田家と江口家は血縁関係で結ばれた。茂兵衛は若い妻を得て、一段と仕事に身が入った。

鯨組を立ち上げるために、たびたび福江城下まで足を運び、家老たちを前に懸命に出資と土地の提供を願い出た。しかし、僅か一万二千五百石の小藩である福江藩の重臣たちは保身に走るだけで、新規の事業となると尻込みするばかりで、なかなか茂兵衛の思いは通じなかった。それでもシビの大敷網の売り上げを少しずつ蓄えて、鯨組の資金に回そうと懸命に働いてきたが、如何せん鯨組はとてつもない資金と労力を要する仕事だった。

そんな時だった。延宝六年（一六七八）三月、富江藩家老桂宇兵衛から福江藩家老奈留杢左衛門宛に書状が届いた。内容は大村藩の深沢儀太夫勝幸に向こう十五年間、有川湾を請け負わせたので承知されたしとの一方的な通知だった。有川湾は富江領であると言わんばかりの既成事実づくりだった。現実を無視した一方的な宣言だった。

深沢義太夫は、延宝三年（一六七五）紀州大地浦の大地角右衛門が、これまでの突とり捕鯨に網掛けを取り入れた新しい捕鯨法が創始されたのを聞き、わざわざ紀州に出向いて新しい網取り法を習得して壱岐の勝本でこの網捕りでの鯨組を興していた。儀太夫は肥前武雄の人であったが後に大村藩に仕えた。儀太夫は鯨捕りの分限者として莫大な運上金を大村藩に収めるとともに、大村領内に円融寺・長安寺などを寄進し、また私財を投じて大規模な野岳堤を作り水田開発を行った。深沢組の本拠は西彼杵半島の松島であったが、五島・壱岐・筑前・長州など各地で鯨組を操業し大成功を収めて、その長者ぶりは大坂あたりまで知られていた。

宣言通り、深沢儀大夫はそれまでの藁縄《わらなわ》で編んだ網から丈夫な苧網《おあみ》を用いて魚目浦でイルカ漁を始めた。藁縄の網は水を含むと重くなり、よく切れやすかった。重いため網を引き揚げる人手も多く必要とした。苧《お》は苧麻《からむし》とも呼ばれ、麻の一種である。苧の表皮を梳《す》き繊維を取り出して糸に縒《よ》ったのを染色し、それから縄を編んだ。苧網は引っ張りに強くて軽かったが、値段も高く容易に使えるものではなかった。

請浦《うけうら》（鯨漁の賃貸期間）期間は十五年間で、その請浦金は銀子十五貫目、運上金は鯨一本につき、背美鯨銀子六百目、座頭鯨銀子三百目だった。

請浦は鯨漁のみでなく、イルカ漁も含まれていた。イルカ漁は古くから魚目浦で行われていた漁法であるが、そのイルカ漁売り上げの九割を魚目浦に渡す約束となっていた。

鯨の納屋場は似首《にたくび》村に置かれた。納屋場が出来ると、そこで働く者の食糧や薪や塩の調達、さらには多くの作業員の雇用などで莫大な金額が地元に落ちることになる。

しかし、勢い勇んで深沢組は魚目浦にやって来たものの、有川浦からの猛反対にあい、しばらくの間、一時中止に追いやられた。

魚目浦での鯨漁の一時中断のさなか、宇久島からその成り行きを注意深く見ていた茂兵衛は、この機会を好機と捉え鯨組の立ち上げを再び福江藩に願い出た。福江藩も鯨から上がる莫大な運上金が見込まれることや、山田組が地元五島で初めての鯨組となることから全面的に支援することになった。まず、茂兵衛が考えたことは鯨をいかにして捕獲するかであった。そこで平の海士の協力を仰ぐこととした。その頃は、鯨をとる方法は専ら手漕ぎの船と銛だけで大きな巨体の鯨を追いかけて突き捕るやり方だった。

梅雨のじめじめとした六月のある日、茂兵衛は堀川の海士頭である佐吉を訪ねた。

「佐吉さん、ちょっと話ば聞いてくれんね」

「これは山田の旦那様。狭苦しい家ですが、上がらんですか」

佐吉は満潮で海士稼ぎもできなくて家で暇を持て余していた最中だった。漁師一般に言えることであるが、海士の者は家の作りに頓着する者はいなかった。間口二間ほどの小さな家々が軒を寄せ合うように暮らしていた。

「最近のアワビの値段はどんな塩梅かね」

「年々、取る量は増えているばってん、アワビの座方が我々から買い取る値段は知れたもんです。それを藩がいくらで買いあげているかは知らんばい」

平のアワビは村に「貝座」と言われる座方の商人がいて、海士衆から買い上げてそれを藩の船見役所が一括して買い取り、長崎の俵物役所を通じて中国に輸出されていた。

「佐吉さん、相談があるとばい。聞いてくれんね。わしはこれまでシビの大敷網をやってきたが、宇久島は大きな入り江や湾がないため網を敷くにも何かと不便で優れた漁場とは言えんとばい。いま、魚目あたりでは大村藩からやって来た深沢という御仁が鯨漁を始めている。そこで、わしも鯨組を立ち上げようと思っている。すでに藩の許可も得ており、今年中には立ち上げたいと思っちょる。そこでだ、佐吉さんに頼みたかことは、若い海士衆を鯨突きの専門の羽差として育てたいので何人か紹介してもらいたいのだ」

「わしらもアワビ採りの最中によく、他所から来た勇魚捕りの連中を見たことあるばってん、あげんに手早く船を漕ぐ連中は見たことがなかばい。それと勇ましいもので船の上から次々と銛を投げて十間余りもあるような大きな勇魚を仕留めているさまはまるで戦場《いくさ》のようでたまげたばい」

佐吉は茂兵衛の話に興味を示していた。それは何より、鯨組で働く水主の賃金がとてつもなく好条件だった。

「佐吉さん、こん五島の海は宝の海なのだ。わしはこの海を切り拓きたいと思っている。そして、島の人を少しでも豊かにしたいと思っている。力ば貸してくれんね。宇久島で鯨組ば一緒に立ち上げましょう。とりあえず、鯨に銛を打つ羽差と呼ばれる若者を五人ばかり育てたいのだ。羽差は鯨と格闘し、海に潜らなければならんので、特に潜りの達者な若者がよか。潜ることにかけては海士に勝る者はなかばい」

「分かりました。活きのいい若者《わっかもん》ば五人ばかり選んで山田様に預けます。何としても鯨組をうまく立ち上げてください」

こうして海士の若者五人を雇ったものの、宇久島にある船は昔からの丸船と呼ばれるずんぐりとした型のもので、頑丈であるが機能性は著しく劣っていた。とても鯨を追い回すような船ではなかった。それで旦《だん》ノ上に住む、羽差の松蔵に頼んで紀州の船を真似して作ってみたが、五島の船大工では上手く作れなかった。そこで船づくりで名高い安芸の国倉橋島（広島県呉市倉橋町）から船大工を呼んで作らせた。出来上がった船は軽くて船足が早く、横波にも強くできていた。

羽差候補の若者たちは、毎日平の砂浜に出て、松蔵の指導の下に大きな銛を打つ稽古を繰り返していた。船を砂浜に横たえて、十間ばかり先の砂袋に的確に突刺さるよう何回も繰り返したり、船を海に出し、船の上から大きな丸太めがけて銛を打つ稽古を繰り返して体に徹底的に覚えこませていた。

茂兵衛は深沢組が魚目浦で縦横に鯨を追い込むさまを何回となく見に行った。

平の港は東西に間口が広く砂地で遠浅のため、大きな網をうまく張ることができなく、そのため鯨を網の中に追い込むことができない地形であった。

茂兵衛はどうしたら大きな湾がなく、鯨を網に追い込めない宇久島で鯨捕りが出来るかを、来る日も来る日も考え続けた。

「そうだ。鯨を入り江に追い込んで網で囲い込まなくても、泳いでいる鯨にいきなり頭から網を続けざまに何枚も掛ければいいではないか。そうすれば鯨は泳ぐ自由を失い、仕留めやすくなるのではないか」

茂兵衛はこれまでの鯨突き捕り法のように、むやみに鯨を追いかけて銛を打つだけでは、取り逃がすことも多く効率が悪いと思っていた。事実、突き捕り法では、たとえ鯨に銛を打ち込んでも捕獲できる確率三割ほどでしかなかった。七割の鯨は逃げてしまった。銛を受けて逃げた鯨は人知れず死んで「寄鯨」となって海岸に流れ着くことも多かった。

どうしたら効率的に鯨を捕ることが出来て、うまく鯨の動きを鈍らせることができるか、それは軽くて丈夫な網で、うまく鯨の頭に纏わりつくような網が不可欠と気づいた。鯨を挟み込むようにしてその前方に出て、鯨の鼻先に網が纏わりつくようにいくつもの網を投じて、両脇の船を曳かせるようにすれば、潜水することも難しく、やがて鯨は疲れ果てて泳ぐ速度が落ちてくる。その隙に銛を連続して打ち込めば良いのではないか。

そのためには、鯨を追う勢子船や双海船が高速で走れるように水主を徹底的に鍛え上げなければならない。

茂兵衛は自らが考案したこの網捕り方法を「かぶせ網」と呼んだ。そうした網づくりの先進地は備後田島（広島県福山市内海町）の網ということで、田島に出向きそこの網職人を宇久島に数人連れてきて軽くて丈夫な網を作った。

毎日のように、勢子船に大きな鯨に似た竹籠を引かせて、その両脇からその竹籠めがけて連続して網を投げ入れる訓練を重ねた。

しかし、深沢組の鯨漁を見れば見るほど大変な元手が必要で、多くの働き手がいることを痛感した。どうしたら少ない費用で陣容を整えることが出来るか、茂兵衛の悩みは尽きなかった。

深沢組の鯨組の編成は次の通りだった。

勢子船　十四隻　水主《かこ》　百六十八人
双海船　十四隻　水主　百四十人
持双船　二隻　水主　十六人
小双海　二隻　水主　十二人

都合三十二隻にも及ぶ大船団だった。

鯨を追い込む勢子船に乗る水主は、一隻あたり十二人で八丁櫓《はちちょうろ》仕立ての左舷と右舷にそれぞれ四人ずつ乗り組み、舵取役と友押と補助役の三人とそれに羽差が乗り込む。網を張る双海船には十人の水主が乗り込み、十四隻であるから百四十人が必要だった。また、仕留めた鯨を二本の杉の丸太で海中に落ちないように固定して搬送する持双船には一隻に八人で二隻で一組だから十六人。小双海船に六人、二隻編成だから十二人が必要となり、その総勢は都合三百三十六人もの人手を必要とした。

さらに、陸上には仕留めた鯨を浜に引き上げて解体する場所や、その肉を塩漬けし樽詰めにしたり、骨を取り出して大釜で煮込んで鯨の油を取る作業などの場所としての納屋場が必要であった。納屋場は、上納屋、大工納屋、樽納屋、筋納屋、製油納屋等作業ごとに細かく区分けされていた。この陸上での作業員も二百人内外の人が必要とされた。つまり、ひとつの鯨組で五百人から六百人の人手が必要であった。鯨組の旦那と呼ばれる親方は、これらの人々の寝泊りの段取りから、三度の食事一切と決められた給金の支いがあった。そのため、旦那衆は誰からでも認められるような人格と見識を兼ね備えた力量の持ち主でなければ務まらなかった。武士でいえばまさに一軍の侍大将そのものであった。鯨が上がると納屋場のある港は大変な賑わいで、近隣から見物人を含めた多くの人が集まり、また鯨の買い付け商人なども多数駆け付けるため町は不夜城となった。

茂兵衛はいきなり深沢組のような組づくりはできなかった。とにかく中古の勢子船六隻と双海船四隻さらには持双船を外海の松島千太郎から買った。それでも購入代金は銀十六貫（四千万円相当）以上を費やした。こうして最低限の鯨組として体裁を整えた。

納屋場は船倉の先に広がる砂浜を藩に掛け合って二千坪ほど借りた。併せて勢子船の建造費用の一部も運上金を増やす条件で借りた。納屋場の横には小川が平湾に流れていて、真水の心配はなかった。そこに十口の大釜を据えた。釜を炊く薪や鯨肉を樽に詰める際の塩や多くの作業員の手配は納屋頭の真輔が請け負っていた。薪や塩は五島の島々から集めてきた。ただ、平の納屋場はひとつだけ難点があった。それは鯨を陸に引き上げて解体するのに適した土地がなかなか見つからないことであった。平の海岸は遠浅の海で、持双船を陸地近くに寄せられるような場所がなかった。

いろいろと検討を重ねた結果、小さな鯨は平港の南十一町（千二百メートル）の距離に浮かぶ前小島の小さな入り江で解体し、小舟で納屋場に運ぶことにした。背美鯨や座頭鯨などの大型の鯨は江端川の河口の西側に僅かばかりの開けた土地があり、ここに轆轤《ろくろ》二台を据えて引き上げることにした。しかし、納屋場までの距離が相当あるので、大八車などで納屋場まで運ぶ手間が必要だった。

鯨を探す山見の場所は、当初は旦ノ上に置いていたが、後には東側の蒲浦や前小島さらには堀川の集落の裏山でも行った。

鯨組としての準備も整い、いよいよ鯨漁のシーズンが巡ってきた。

十二月一日。山田組の陣容と設備も大方整ったことから、茂兵衛は関係者を引き連れて神島神社に参拝に行った。

| | | |
|---|---|---|
| 大旦那 | 鯨組の責任者 | 山田茂兵衛 |
| 沖合 | 船団の指揮役 | 佐吉 |
| 親父 | 一番船、二番船、三番船の羽差 | 佐太夫・孫兵衛・松蔵 |
| 御戸《ミト》親父 | 双海船の頭 | 兵助 |
| 執刀 | 四番船の羽差で鯨にとどめを刺す役 | 和平 |
| 納屋頭 | 納屋場の責任者 | 平屋真輔 |

神島神社の拝殿では、神主からお神酒が振舞われて、厳粛なお払いと大漁祈願を執り行なわれた。そのあと古くからこの島に伝わる五島神楽の舞が披露された。神島神社から帰ると、船倉の茂兵衛宅で雨戸をすべて取り除いて盛大な宴会が夜を徹して行われた。庭先

にも大釜を据えて、お祝いに駆け付けた村民のために無料の賄いを施した。

冬に北海の寒気を避けて、南海に移る鯨を「下りクジラ」といい、家族単位あるいは単独でやって来た。春になるにつれて北の海に帰る鯨を「上りクジラ」といって群れで北上してきた。

五島の鯨漁は、鯨が上るときも下るときも行われた。

椿の花が咲き始める頃に冬漁が始まり、麦が黄色く熟れる頃に春魚が終わると言われている。

その椿の花がちらほらと咲き始めた延宝六年十二月十八日に、旦ノ上の山見から勇ましい太鼓の音が響いてきた。

「兄者、太鼓の音が聞こえているばい。いよいよ山田組の組出しの時が来たぞな」

真輔は五軒ほど西隣にある茂兵衛の屋敷に飛び込んできた。

茂兵衛は白い晒し木綿の締め込み姿で上半身裸の上に、山田家の丸に釘貫の定紋を染め抜いた半纏一枚をひっかけ、額には勇ましく前結びの鉢巻き姿で仁王立ちしていた。

傍には妻のハツと二人の息子茂右衛門と茂兵次が神妙に控えていた。

「真輔どん。いよいよ俺《おい》の戦が始まったばい」

「兄者、出陣です」

「チェストー」

思わず二人は拳を振り上げて薩摩示現流の気合を発した。

六十八歳で迎えた初陣であった。

## 大背美捕り

旦《だん》ノ上の山見からの「鯨来る」の合図はすぐに知らせなければならない。そのため山見は若くてとりわけ遠目の効く者が選ばれた。鯨を確認するとその鯨の種類を誰でもわかるように旗指物を山頂に掲げた。旦ノ上の山頂をみれば、二本の白い幟《のぼり》と鯨が泳いでいる方向を示す大きな矢印が掲げられていた。背美鯨が来たこととその場所を示していた。山頂からは太鼓の音と法螺貝が大音響で鳴り響いていた。山道を駆け下りてきた山見の若者が「背美が来た」「黒母瀬の沖だ」と大声で叫びながら、村中を駆け回った。黒母瀬は平の南東方向一里先に浮かぶ大きな瀬である。村中で半鐘が鳴り響き、浜には勢子船や双海船などが今か今かと待機している。水主衆が各々乗り組む船を陸から海の中に勢いよく押している。勢子船の船底には松脂《まつやに》が塗りこめられているので、滑るように海に達した。勢子船の漕ぎ手は八人である。その勢子船の舳先に立つのが羽差である。

羽差のいでたちは、白いまわしをつけてた裸の上に山田組の定紋を染め抜いた半纏を引掛けていた。髷は元結を解き長く垂らしていた。鯨と格闘し精魂尽き果て、船縁に辿り着いたときに、長い髪の毛を掴んで船に引き上げやすいように長く垂らしていた。一番船・二番船・三番船の親父と呼ばれる羽差が勢子船に乗り込むと、水主たちは一斉に沖に向かって八丁櫓の櫓を漕ぎだした。「エイ」「エイ」と勇ましい声を張り上げて、調子を取りながら冬の荒海を物ともせずに高速で突き進む。友押ともう一人の補助役が「狩棒」で舟縁を「バン」「バン」と強く叩きながら進んでいく。舳先に諸肌脱いで立つ親父の羽差は「麾《さい》」という短冊のついた采配で船の進む方向を指示した。

勢子船はあっという間に黒母瀬の南に回った。そこに十間余り（十八メートル）もあるような背美鯨がゆうゆうと野崎島と小値賀島の方向に向かって泳いでいた。

背美鯨特有の漆を塗ったような真っ黒な大きな背が一つの岩礁のようにみえる。まだ鯨船に追われたことのないのか、こちらに気づいても逃げようとする気配はなかった。ゆうゆうと泳ぎながら二筋の潮を高々と噴き上げていた。鯨の中で二筋の潮を噴き上げるのは背美鯨のみである。

すでに沖合である佐吉が乗る一番船の勢子船は背美の半町（五十四メートル）ほどの距離に迫っている。

「背美だ、背美だ。太かぞ」

佐吉の野太い声が響いてくる。

その佐吉が麾を前に振ると、一番船・二番船・三番船の勢子船は一斉に背美鯨の進路をふさぐかのように前に出た。狩棒の大音響に驚いたセミクジラは身の危険を感じたのか泳ぐ速度を上げてきた。八隻の勢子船と六隻の双海船は背美鯨を両脇から挟み込むような体制となった。この時代の鯨捕りの主流は突きとり法であった。一頭の鯨に狙いを定める網取り法と違い、突きとり法はがむしゃらに鯨を追跡して、捕獲する方法である。この方法で捕獲できる鯨は十頭の内、二、三頭で甚だしく効率が悪かった。茂兵衛はこうした突きとり法の難点を補うべく、泳ぐ鯨に素早く網を掛ける「かぶせ網」を考案した。茂兵衛は網を打つのに適した小型の双海船を作っていた。鯨捕りの総指揮を執るのは沖合と呼ばれ一番船に乗る。佐吉は先頭の勢子船に乗る沖合である。沖合の補佐役で一番船羽指の佐太夫は、紀州熊野から来た経験豊かな羽差だった。佐太夫は海に流された垂れ縄の動きと舳先に立てられた吹き流しを見ながら、沖合の佐吉に何やら注進した。

佐吉は両手で「麾」を頭上に持ち上げ、勢きよく振り下ろした。

「網を打てー」

という佐吉の下知の下に、付き従う双海船からは一斉に泳ぐ背美鯨の頭めがけて苧網が打たれた。綱は麻縄で一方が結ばれており、鯨の頭にまとわりついた。何が起きたか分からない鯨は大慌てになり全速力で逃げようとした。麻縄で繋がれた状態で何隻もの双海船が引きずられていく。やがて疲れ果てた背美鯨は速度を緩めてしまう。その瞬間を狙って一番船に乗る佐吉は早銛を打った。勢子船には各々二十本の銛が積み込まれている。銛は背美の頭に見事に命中していた。二番船、三番船の羽差からも次々と銛が投げ込まれた。背美は慌てて海中に潜った。やがて浮上してきた瞬間に再びほかの勢子船からも次々と銛が打ち込まれた。針坊主のような姿になった背美は最後の力を振り絞って再び潜水しようとしたが、全身傷だらけで苦しくなった背美はすぐに浮上してきた。

「成仏してくだされ」

佐吉は勢子船の舳先に立ち称名《しょうみょう》を唱えた。その傍らから水主補助の三吉が長さ四尺余りの大型の万銛《よろずもり》を佐吉に差し出した。荒れる海の上から重い万銛を投げ込むには強靭な体力と熟練の技が必要だった。足を踏ん張り左手で柄の途中を支え、右手は根元を持って斜めに円を描くように投げる。銛の根元に鉄輪がついており太い綱で結ばれていた。斜めの角度で投じられた銛は垂直に鯨に突き刺さる。生金で作られていて曲がっても折れることは無かった。万銛には諸刃の返しがあり一度突き刺さると抜けることは無かった。一本の太い綱《つな》が勢子船と背美鯨をつないだ。背美は何度も潜水を繰り返すが、勢子船を引きずっているので苦しくなってすぐに浮上してくる。浮上したところを再び二本目の万銛が打たれ、ほかの勢子船からも次から次へと銛が打たれていく。背美鯨は最後の力を振り絞るかのように勢子船に近づいてくる。そのたびに必死に達羽《たっぱ》を動かすため小さな勢子船の周囲は大波が起こり海中に投げ出される水主も出た。

体中に銛が突き刺さった背美の巨体も、徐々に動きが弱ってきた。荒波の中で鯨と綱で結ばれた勢子船は徐々に陸地に向かって櫓を漕ぎ曳き始めた。鯨の動きをじっくりと見定めながら、二艘の勢子船が近づいてきた。執刀役である和平の乗る四番船と五番船である。

いよいよ剣切である。剣は両刃の生鉄製で、刃渡り四尺、柄を含めると一丈二尺、重さは二貫五百匁（九・四キログラム）である。執刀役の和平が海に飛び込んだ。手には長い剣を持っている。和平は深く潜水して鯨の腹部に辿り着くと、手にした剣で鯨の急所を深く何回も刺した。すぐに海面は鯨の血で赤く染まった。剣で突かれて半死半生となった鯨に向かって、今度は勢子船から次から次へと羽差が真冬の海に飛び込んだ。鯨に突き刺さった銛を足場に我先にと背中を登っていく。最初に潮吹鼻に辿り着いた羽差は、三番羽差の紀州出身の松蔵だった。寒風吹きすさぶ冬空の鈍い太陽の光が、松蔵の幅広い背中と手に持つ手形包丁を鈍く照らしていた。

褌《ふんどし》ひとつの松蔵は手にした手形包丁で「障子」と呼ばれる鼻の肉の壁をくり抜いた。背美鯨の鼻の穴から真赤な血が勢よく噴き出した。返り血を浴びて真赤になった松蔵は、そのくり抜いた鼻弁に太い綱を通した。鯨はもう二度と海中に戻れないと悟ったのか観念したように静かになった。くり抜いた皮を「手形皮」といって、鯨を捕った証拠になった。

背美の頭上に乗る松蔵から手形切が終わったと合図があったので、それを確認した二艘の持双船が近づいてきた。同時に太い綱を手に持った羽差が血に染まった海中に飛び込んでいく。綱を持った羽差は、鯨の腹の下に潜って反対側の船にその縄を渡した。二本の太い縄が鯨の腹を巻いた形になった。背美の両脇には持双船が杉丸太で連結され、背美鯨はその丸太にぶら下げられるような形になった。

最後に瀕死の背美鯨にとどめをさすために、再び和平が海中に飛び込んだ。柄のついた長剣で何度も何度も脇腹を突き刺した。傷口から海水が入って肺に届くと、モクモクと海面が泡立ちし始め背美鯨は最後の一声を上げて息絶えた。水主たちは一瞬押し黙り、やがて静かに合掌した。しばらくすると、誰からともなく声が上がり、それに合わせるように念仏が唱えられた。

「南無阿弥陀仏。南無阿弥陀仏。南無阿弥陀仏」

「三国一じゃ。大背美捕らすまいた」

佐吉が大声で叫ぶと、続けて水主たちも続けて叫んだ。

「三国一じゃ。大背美捕らすまいた。三国一じゃ。大背美捕らすまいた」

## 豊穣の海

持双に掛けられた背美鯨は平の浜に向かってゆっくりと運ばれた。その持双船をかすめるようにして一隻の勢子船が陸にいる鯨組の幹部に注進のため急いで向かっていた。この勢子船に乗る羽差は今日一番の勲功者で、手には手形皮を握りしめていた。平村の西にある川端というところに鯨の解体場が設けられていた。そこには「番所」が拵えられ、紅白の幕で四方を覆っていた。羽差は手形皮を番所にいる組主に献上するのだ。その組主こそ大旦那の山田茂兵衛である。羽差が勢子船から降りて番所に向かうと、近隣から集まった人々の中から「ウォー」という歓声が沸き上がり、自然と手拍子が起こり、誰からとなく祝い唄が流れた。解体場の周囲にはひと目今日の背美鯨を見ようとする島人であふれかえっていた。

島人の思いは、鯨漁がこの島に根付き、自分たちの先々の暮らしが少しでも豊かになる事であった。

「旦那様、本日の背美の手形皮取り申しました。ここに謹んでご献上申し上げます」

三番船羽差の松蔵は床几に座る紋付袴姿の茂兵衛に脂肪の塊のような手形皮を恭しく手渡した。

「確かに受け取り申した。本日はご苦労であった」

しばらくすると前小島の南の方から山のように大きな背美鯨が持双に掛けられて岸辺に近づいてきたのが見えた。番所の横には、石垣を組んだ上に二台の大きな轆轤《ろくろ》が据えてあった。十六人掛で一台の轆轤を回して鯨を浜に引き上げた。魚切《うおきり》衆が鯨の背に乗り、長い柄のついた大きな包丁で手早く切れ目をいれている。表皮を剥ぐために皮に穴をあけて綱を通して轆轤を回していくと皮はきれいに削がれていった。


ヨーイトー、ヨーイトー　、ソラ巻け、ソラ巻け、ソラ巻いた

と横で太鼓打ちが陣太鼓を叩きながら拍子を取って景気づけるとあっという間に皮がそがれていった。

川端の解体場は狭く、奥は急な崖になっていた。半町（五十四メートル）もない狭い場所には鯨の大量の血と生臭い匂いで満ち溢れた。

空を見上げれば、大量のトンビやカラスが餌にありつこうと騒いでいる。海にもカワウ

がいつの間にか近寄ってきていた。

解体場の周りには縄が張られ、その周囲に納屋場の作業員を見張らせているが、この島にこれほどの人がいたかと思えるほど人で溢れた。

見物人の大人の間を縫うように小さな子供が手に竹籠を持って鯨肉の切れ端を狙って走り回っている。親から言いつけられたのか必死で切り身を漁《あさ》っていた。こうした子供のコソ泥を「ガンダラ」と呼んだ。

茂兵衛は横に座る真輔としきりに話しあっていた。

「ほんに目の前で直に鯨を見てみると太《ふとか》もんですな」

真輔は祝い酒に酔い赤ら顔で感心したように、何度も同じことを繰り返していた。

「ほんによかエビス様じゃ。有り難いことだ」

茂兵衛は目の前で解体されていく背美鯨の巨体を感慨深くじっーと見つめていた。

「真どん、本当の勝負はこれからたい。このエビス様をきれいに解体して、塩漬けしたり、油や筋を取ったり、さらには骨を砕いて肥料にしたりしなければならんとたい。最後には売り先を見つけて銭にして始めて利が出る。全ては真どんに任せたばい」

「分かっちょりもす。兄者に損ばさせるようなことはせんです」

真輔は商人として、先行きの見通しがあるのか、自信を持って答えた。

鯨を捕ってもそれに付加価値をつけて売らなければ商売にならない。鯨油、肥料、食用肉、筋の加工品など様々な商品にしたりして、最終的にそれぞれの問屋や商人に売ることによって商売となる。その前に羽差や水主の賃金の支払い、納屋場で働く人の食事と日当の支払い、大量の薪や塩代、食料品の買い付け代、網職人や樽職人への支払い、さらには勢子船などの修理や新たな建造費用など考えると喜びも不安に転じてしまう。

川端の解体作業所で細かく解体された背美の肉や骨は、何台もの大八車に乗せられて船倉の納屋場に運ばれていった。

その船倉の納屋場は、渡瀬川という小さな川が平の港に流れ込む西隣に建てられていた。藩から借りた砂浜の上に建てた茅葺の大小二棟の建物があった。大きな建物の方が大納屋で細切にした黒皮を大釜で煮て油を取ったり、骨を細断したりする作業場である。小さな建物は大量の薪や塩さらには油樽や道具類を保管する建物である。大納屋は周囲に壁もなく四方に柱を巡らしただけの簡易な建物であった。その中に十口の大釜が据えられていた。小納屋は盗難防止のために周囲に板壁を巡らして大きな引き戸の出入り口があった。

川端の解体場から運ばれてきた大量の肉や骨は、大納屋で用途別に細かく裁断された。

背美鯨の黒皮からは大量の油が取れた。黒皮は細かく裁断され大釜で煮詰めると油が浮き出てくる。これを杓《しゃく》ですくって木樽に詰めた。肉の赤身は部位ごとに塩に漬けて樽詰めにした。骨の中の髄からも油が取れた。大骨は鋸で細かく裁断して斧で割り、包丁で削って煎じると油が取れた。煎じた後の骨は臼《うす》で粉にすると肥料になった。

大納屋は十口の焚口から熱い炎を上げている。細切りした黒皮が何枚も入れられて煮詰められている。何とも言えない生臭い匂いがそこら中に蔓延していた。燃料となる薪の量も膨大で、真輔が五島中から事前に買い集めていた。五島で採れる薪は、毎年の大風（台風）にさらされることから樹高は低いが芯が固く火持ちが良いため、「五島薪」と呼ばれ大坂方面から重宝がられた。

鯨油は、稲の大敵であるウンカ駆除として知られていた。江戸時代になると稲作が本格的に行われるようになったことから、ウンカの被害も顕著になってきた。セジロウンカ・トビイロウンカ・ヒメトビウンカなどが代表的であった。ウンカは繁殖力が強く、大発生すると稲穂はたちまち立ち枯れしてしまう。

このウンカ駆除に鯨油が使われた。少量の鯨油を水田に張り、ウンカを叩き落とすと油にまみれたウンカは飛べなくなり死んでしまう。このウンカ駆除の方法が江戸時代の初期に九州の筑前地方で始まった。このため、あっという間に鯨油の需要が全国に広まった。また、夜間の燈明としても油煙が多く臭いの強い鯨油は、菜種油のように高くなかったので、貧しい庶民の間で根強い人気があった。

小納屋では、筋を取った。筋は鯨の神経で、水に浸してきれいにして天日に干した。弓や三味線の弦など様々な加工品として使われた。

納屋場で働く人を「日用」といった。日用で働く人はすべて宇久島の百姓である。稼ぎの少ない冬場に何か月も日雇いとして働けることはこれまでなかったことである。茂兵衛はこれら日用で働く人にも必ず朝と夕の二度の食事を与えた。

一頭の鯨のもたらす富は想像以上であった。島の外からは多くの商人や職人が来島し、平の港には何隻もの廻船が停泊した。村には小規模ながら商品経済が出来て、豆腐屋・油屋・酒屋・醤油屋などの日常品の小商売がたちまちのうちに建ち並んだ。

島の人にとっては、稼ぎの少ない冬場に二度の米の飯が食べられ、金銭という価値の大事さを知らしめた。まさに鯨は突然現れた恵比寿神そのもので、その鯨が捕れる五島の海は、それまで何もなかったこの地に限りない富をもたらした。

南北に百キロメートルにわたる五島列島は、百数十もの島々からなり、暖かい対馬海流が島伝いに北上している。山々は険しく樹木が鬱蒼と茂り、そのまま海に落ち込む地形である。数多くの入り江を持ち、入り江には無数の小川が海に注ぎ込んでいる。大量のプランクトンの発生により、イワシやアジなどの小魚が群れ、それを求めてブリやマグロなどの大型の魚も集まってくる。マグロの回遊時期になると海面が黒く盛り上がるほどである。

鯱《きびな》が漁《と》れる
鰯《いわし》が漁れる
鯵《あじ》が漁れる
烏賊《いか》が漁れる
鯛《たい》が漁れる
鰹《かつお》が漁れる
鮪《まぐろ》が漁れる
　そして鯨が漁れる。

五島の海はそうしたくさぐさの海の幸に恵まれたまさに豊穣の海であった。

その夜は、茂兵衛と真輔の屋敷の座敷を開け放して、背美の大魚祝いの宴が夜遅くまで続けられた。

威勢の良い羽差が集う座敷では、小太鼓の音がにぎやかに聞こえていた。その小太鼓を輪になって囲んでいる羽差衆は、額に手拭い巻き、上半身はもろ肌抜いて、大きく手を広げ、畳に足を踏み鳴らして踊っていた。

大旦那である茂兵衛のもとへは次から次へと祝いの言葉がかけられた。茂兵衛も佐吉以下の羽差や水主たちに対して労いの盃を注いで回った。

「兄者、おめでとうございます。初漁から誠に立派なエビス様でございました」

真輔は、本当の意味で鯨組の旦那となった茂兵衛に対して心から祝いの言葉を述べた。

「有難う、真どん。お前がいたからここまで来ることができた。全てお前様のお陰だよ。この歳でこんな喜びが来るとは思わんかったよ」

茂兵衛もこみ上げてくるものがあるのか、その言葉は少し震えていた。

「何を言われます。全ては兄者のお人柄とご器量が誰よりも優れているからではないですか。兄者の長年のご苦労に対してエビス様がご褒美をくれたとです」

茂兵衛は、真輔の言う一言一句が何よりも嬉しかった。誰よりも茂兵衛のことを分かっているのは、ほかならぬ真輔であった。

「真どん、勝負は始まったばかりだ。この冬漁と来春の春魚でどれだけの数を上げられるかでこの先の決まるとたい。とにかく、真どんには、赤身や鯨油などの売り先ばしっかり見つけて貰らわんといかん」

「そんことで兄者に相談があります。近かうちに博多の肥前屋さんに行かんですか」

真輔は肥前屋の吉兵衛を訪ねて、今後の資金繰りや商売の件で相談に行きたいといった。

茂兵衛も同じことを考えていた。まだ数回しか話したことは無かったが、肥前屋の吉兵衛には古くからの旧知のような気がしていた。

「今は漁が始まったばかりで平を離れることはできんが、春漁前の端境期をみて博多の吉兵衛さんを訪ねようか。吉兵衛さん以外にも新たな得意先を見つけんばいかんとわしも思っちょった」

「それじゃ、正月明けてすぐに博多に渡りましょう。その旨吉兵衛さんには手紙で知らせておきます」

この年は暮れの僅か十日間ばかりの間に三頭の背美鯨と一頭の座頭鯨を捕ることができた。

## 肥前屋吉兵衛

鯨組は正月を迎えてもゆっくりと過ごすことはできなかった。夏から秋にかけては、船大工や鍛冶、網職人などが出漁の準備に追われた。今回は初めての鯨組としての出漁で万端を期したつもりであったが、いざ漁を終えてみるといろいろと不備なところも目立った。特に水主の未熟さから取り逃した鯨も多かった。鯨捕りは何よりも組織だった熟練の技が求められた。その他にも網の大幅な改良と工夫が不可欠で、軽くて強い苧網がまだまだ不足していることも分かった。上りクジラが五島近海に巡ってくる一月半ばまでにやらなければならない仕事はいくらでもあった。初漁の鯨捕りで傷んだ船や網の修理、羽差や水主たちへの賃金、さらには食料や薪などの購入費用の支払いなどがあった。そうした責任はすべて組主の茂兵衛が負うのであるが、実務の一端は真輔に任されていたので、真輔はゆっくりと正月気分にも浸れない有様だった。

「兄者、博多行きの件ですが、正月明けの六日の日に平から一隻の網職人の船が備後の田島（広島県福山市内海町）に帰ります。この船に乗せてもらって、途中博多の港で下ろしてもらう段取りとしましたが、よかでしょうか」

備後の田島は昔から優れた漁師を出すことで有名だった。特に、納屋場での網作りや網染めの他に船具や漁具の修理などに巧みで、西海の鯨組はどこでも田島の水主や網職人を招いて厚遇していた。

「旅の段取りについては任せるよ。肥前屋さんとの話し合いがどがんなるか分からんが、折角博多に渡るのだから、思い切って肥後（熊本県）まで足ば延ばそうと思っちょる」

肥後の球磨地方は苧の産地で名高かった。茂兵衛は苧網の現地調査と網問屋を訪ねようと思っていた。また、阿蘇山の豊富な伏流水に恵まれた肥後の国は米処としても名高く、大坂では「肥後米」として根強い人気があった。そのため鯨油の注文も多く、西海の鯨組の多くが販売先として多くの鯨油を肥後の問屋に卸していた。

「そりゃ、よか思案です。兄者はいつでも自分自身の目で何でも確認しようとされます。こまか（小さい）時分からいつもそん事では感心しちょりました」

茂兵衛が備後田島から雇って連れてきた網職人は、初漁の始まる直前の十二月初めまで第一陣が平に滞在していたが、今回は第二陣の八人が帰ることになっていた。

一月六日朝早く、田島の網職人八人と茂兵衛と真輔を乗せた小さな雇船は平の港を静かに離れた。この時期の五島灘は連日時化模様になる。北風が吹きすさび、沖に出ると高波にさらされた。

「真輔どん、今日の沖は荒れるばい」

茂兵衛は船の前方に浮かぶ黒母瀬の磯に跳ね返る白波をみてつぶやいた。

その黒母瀬を過ぎると予想通り沖は大荒れで、幾筋もの高波が船の舳先に押し寄せてきた。

そんな大荒れの船の中でも田島の網職人は何食わぬ顔で黙って横になっていた。こんな時はひたすら海が静まるのを待つしかないということが分かっているのである。

大荒れの時化の中、夕暮れ前に的山《あづち》大島の神浦の港に入った。狭い湾内に家々が肩を寄せ合うように密集している。網職人たちは船から降りて宿に泊まることもなく、そのまま船中で寝泊まりした。出稼ぎで稼いだ一日一匁目の日当を村に残る家族に残らず持ち帰るのである。茂兵衛と真輔はいったん船から降りて、天降神社の石段下にある小さな船宿に泊まることにした。

夜が明けると少し時化は収まったものの相変わらず沖には白波が立っていた。このまま一路玄界灘を越えて博多の港入る予定である。船はまだ夜も明けやらぬ明の六つ半（午前七時）前には神浦の港を出港した。

船は右に九州の北岸を見ながら北東に帆を向けていた。やがて見慣れた風景の呼子浦の小川島が見えてきた。波も徐々に収まってきて、二人は船縁に立って周囲の山並みを見る余裕が出てきた。

「兄者、ここまでくれば博多の港は目の前ですよ」

真輔は何度も商いで博多に来ているので、何刻《なんとき》に博多の港に入るかよく分かっていた。昼七つ(午後四時)前には能古島と志賀島の間に差し掛かった。目の前は博多港である。広い湾内は波ひとつなく、大小さまざまな船が行きかい、見るからに繁華な港である。

船は帆を注意深く操りながらゆっくりと進んでいき、静かに那珂川河口にある船着き場に停泊した。

二人は博多の港で船から降りて、田島の網職人と別れた。

「いろいろ世話になった。今年の夏も宇久島に来てください。待っていますよ」

田島の網職人は沖に出る船乗りと違い、気性も穏やかで何処にでもいる百姓衆と変わらなかった。

「旦那様、今年の夏もお世話になります。その節は宜しくお願いします」

「故郷《くに》でゆっくりと休んでください。また、会いましょう」

網職人たちはいったん博多の港で降りて国許への土産を買いに町に繰り出していった。

二人は那珂川沿いをしばらく歩いた。須崎橋という大きな橋のたもとに来ると博多川という支流が流れて一つの島を形作っていた。中洲と呼ばれる博多の繁華な歓楽街である。

肥前屋はその博多川に面していた。母屋の倉庫から直接積み荷の積み込みや荷揚げができるように「ガンギ」と呼ばれる石の階段と川が繋がっていた。この那珂川を越して対岸に渡るとそこは福岡の城下である。

肥前屋の周囲には多くの博多商人の店が軒を並べていた。どの店も間口が広く、多くの使用人を抱えていた。近くの奈良屋町というところには商人なら誰でも知っている神谷宗湛の大きな屋敷があった。

「御免なされ、五島宇久島の平屋です」

玄関先で挨拶すると、すぐにいつもの番頭さんが現れた。

「これは、これは平屋様ご無沙汰しています。息災なご様子で何よりでございます」

番頭はすぐに二人を店の奥座敷に案内した。

いつ見ても見事な中庭であったが、今は冬枯れの佇まいであった。

「これは山田様に平屋さん、ご無沙汰しています」

久しぶりに見る吉兵衛は一段と貫禄が増し、落ち着いた所作を見せていた。

「肥前屋さんご無沙汰していました。やっと念願かなって鯨組を立ち上げることが出来ました」

茂兵衛が吉兵衛に会うのは二年ぶりだった。島で無聊を決め込んでいると真輔が九州の得意先回りを兼ねて度々連れていってくれていた。

「お噂は平屋さんからよく聞いていました。この度は鯨組の旗揚げと初めての組出し、誠におめでとうございます」

「有難うございます。この歳で勇魚と戦《いくさ》することになりました。お陰様で暮れには何頭かの勇魚を捕ることが出来ました。これはそのとき捕った背美鯨の赤身です。どうぞ皆様方で食してください」

茂兵衛が宇久島から木箱に入れて持ってきた赤身の塩漬け肉を渡すと、吉兵衛は喜びの声を上げた。

「おお、これは貴重な品物だ、有難く頂戴します。それにしても勇魚捕りはとてつもない大業で誰でもできる仕事ではありません。さすがは山田様と感心していました」

一通りの挨拶を終えると、真輔が本題を切り出した。

「肥前屋さん、私どもは五島宇久島という離れ小島で、商売の上では何かと不便な土地柄です。鯨を捕ってもその売り先を知りません。幸いに、今のところは近隣の魚問屋が買い付けてくれるので支障は出ていませんが、これから鯨組を大きく育てていくには、安定した取引先がどうしても必要になってきます。そこで吉兵衛さんのお知恵を借りたくて罷り越した次第です」

「大した知恵はありませんが、手前でよければ何なりと言ってください。それと手前どもも今少し商いを広げようと手探りしている最中です。この筑前には三万三千町歩の田があります。聞くところ稲のイモチ病に鯨の油が大変有益だということで、福岡藩や熊本藩では藩をあげて鯨油を直接仕入れしています。そんなことで山田様に早くお会いしたいものだと考えていたところです」

「それは願ったりのお話です。肥前屋さんとは何か強い因縁みたいなものを感じています。鯨油が入用であればいつでも申し付けてください。最優先で積み出します」

茂兵衛はあまりの幸先のよさに、年甲斐もなく声が震えた。

「商い事は最初が肝心です。細かい話もあるので手前どもの番頭の助三郎を呼んできますので、少しお待ちください」

すぐに番頭の助三郎が奥座敷に呼ばれ、座敷の下座に控えた。

「助三郎、ここにいる山田組の組主さんから、この春に四斗入りの鯨油をとりあえず五十丁（樽）買いたいと思っているので、平屋さんと細かい値決めや納期を取りまとめて貰いたい」

「分かりました。後ほど平屋さんと取引の仔細は取り決めたいと思います」というと番頭の助三郎は座敷を下がった。

「肥前屋さん、今少しお願いしたきことがあります。誠に言いにくいことではありますが、鯨油の先払いとして銀十貫目ほど別途に借用できないものでしょうか」

「鯨組は大変な元手がかかることはよく承知しています。そのことについては、今晩、柳町で一献やりながら話しましょう」

その夜、吉兵衛は博多柳町の「祇園屋」という料理屋に一席設けてくれた。

芸者衆を四人ばかり侍らしての酒宴であったが、慣れない二人は何をどうしたらよいか戸惑っていた。

その夜は、ほろ酔い加減のまま吉兵衛の世話で中洲にある旅宿に泊まった。

翌朝には真輔と助三郎は、鯨油の値決めや支払い方法など細々とした取り決めを行った。さらに銀の借り入れ証文を取り交わした後は、吉兵衛から魚問屋の紹介を受けた先に売り込みに歩いた。

昼過ぎには問屋への挨拶も終えたので、御笠川沿いの道を南東に向かって歩き出した。かねてからの念願であった大宰府天満宮への参拝祈願を行うためである。博多から三里程で大宰府の町である。まっすぐに延びた街道は冬場にかかわらず旅人が途絶えることもなく、どこまでも家並みが続いていた。二人は大きな天満宮の赤い鳥居をくぐった。長い参道の両脇には数多くの土産物屋が建ち並び、参拝の人波も途切れることがない大層な賑わいであった。

「真どん、ここが有名な大宰府天満宮だ。初漁のお礼とこれからの商いの繁盛を祈願しましょう」

二人は黙って柏手を打ち、長い間本殿に向かって頭を下げていた。

参拝を終えて一息入れようと参道の一角の茶店で大宰府名物の「梅ケ枝餅」を食べた。茶店を出て一里程南に歩くと長崎街道と薩摩豊前街道の交差するところに来た。ふたりはそのまま薩摩豊前街道に入った。しばらく歩くと目の前が開けてきた。刈り取られて田畑し前の筑後平野がどこまでも広がっていた。久留米城下で一泊してから八女・大牟田を通り過ぎ肥後の山鹿の町に入った。ここから目指す熊本の城下は八里程である。

翌日、熊本の城下に入った。さすがに細川五十四万石の大藩の町割りで、若い頃見た熊本の城下とはその趣も随分と変わってきていた。茂兵衛たちは町の中心にそびえる五層六階の雄大な熊本城を見ながら南に歩みを進めた。薩摩街道をしばらく歩くと碁盤の目の区割りが美しい古町という町人の街並みに来た。加藤清正の熊本築城以来の街並みで、大店が軒を並べていた。茂兵衛と真輔の二人は白川の北にある大きな油問屋「石黒屋」を訪ねた。暖簾をくぐり肥前屋吉兵衛から紹介された手紙を応対した番頭に手渡すと、すぐに奥に通された。

通された奥の座敷に控えていると、すぐに主人の又左衛門が現れた。

「手前が石黒屋又左衛門です。博多の吉兵衛殿とは古い付き合いをさせてもらっています」

「突然の訪問で失礼いたしました。手前は山田茂兵衛と申し、横にいるのが平屋真輔と申します。手前は五島宇久島で鯨組をやっている者で、平屋は廻船問屋を商っています。この度は、肥前屋吉兵衛様のご紹介により石黒屋様を訪ねてきました」

「これはご丁寧な挨拶で恐縮です。遠路はるばる訪ねて頂きさぞお疲れでしょう。鯨組をおやりですか」

又左衛門は最初から吉兵衛の紹介ということで警戒心もなく、興味ありげな顔で二人を迎えてくれた。

「五島の宇久島と言っても、恥ずかしながら手前にはとんとそこが何処にあるかさえ分かりません。一度ばかり若い頃に福江というところに行ったことがあります」

「その福江から海上二十里程北にある小さな島です」

「鯨組をなさっているとおっしゃいましたが、もう何年もおやりですか」

「いえ、昨年に立ち上げて、数頭の背美鯨を上げたばかりの新参者です」

又左衛門は、目の前に座る年老いた鯨の組主が得体の知れない人物と思ったのか、慎重に言葉を選んで話した。

「この老いぼれが、鯨組の組主かとお疑いかも知れませんが、手前のことは肥前屋様に何なりと聞いてもらえば分かります」

「いえ、疑ったりしてはいません。肥前屋さんのご紹介ですのでご信頼しています。この肥後の国は米作りが盛んな土地柄です。その米の病に効く鯨の油は藩の方でも直に買い付けしています。あなた様の鯨油はどちらに卸されているのですか」

又左衛門は単刀直入に本題に入ってきた。

「まだ、これといった収め先はきまっていませんが、これから春魚が始まるのでこうして油の収め先を探しているところです」

「それでは山田様は、四斗入り一樽おいくらで売っていただけるのですか」

「はい、手前どもはどちら様にも二十五丁（樽）で銀三貫目でお願いしています」

「なるほど、よく分かりました。近いうちに一度手前どもの番頭をそちらに訪ねさせたいと思います。その折に詳しい値決めをさせてください」

「お待ちいたしています。これをご縁に宜しくお願いします」

石黒屋を出た二人は苧網の産地である人吉を訪ねる予定であったが、熊本から二日ばかりかかり、また春の上りクジラの季節も押し詰まってきたので、いったん切り上げて宇久島に帰ることにした。

## 小河原騒動

茂兵衛と真輔の二人は一月十八日には予定を切り上げて宇久島に帰ってきた。春鯨の季節が迫っていた。博多の肥前屋や肥後の石黒屋などとの取引の話を終えてあとは顧客の要望に応えるような漁獲を上げることだけだった。その春魚であるが何時クジラが上ってくるのかその年によって異なるが大体一月二十日前後であった。漁期は三月末で終わってしまう。残り二か月余りの間にどれだけ数を上げられるかに山田組の命運がかかっていた。

旦ノ上から太鼓の音が聞こえてきたのは、三日後の朝方のことだった。

「背美だ。親子の背美だ。六島の沖から古志岐方面に向かっているぞー」

太鼓や法螺貝の音が鳴り響き、村人は浜目指して一目散に駆けだした。村中が戦場さながらに混乱に陥った。

「どけ、どけ、どかんかい」

向こう鉢巻きにふんどし姿の羽差や水主衆が血相変えて自らが乗り込む船めがけて駆けてきた。あっという間に一番勢子船が海に乗り出すと、残りの船も一斉に沖に櫓を漕ぎだした。

「エイヤ、エイヤ、それ漕げ、それ漕げ」

海の向こうから水主たちの勇ましい掛け声が暫くこだましていたが、あっという間に船団は前小島の南を通り過ぎていた。

村人は船団が見えなくなると、今度は堀川の裏山に登っていった。眺望の良い場所で鯨捕りを直に見るためである。

鯨組の船団が帰ってきたのは昼過ぎていた。水主たちの話によると仕留めたのは三間半

（六・三メートル）ほどの子鯨のみで親は捕り逃したとのことだった。子鯨は前小島の小さな入り江に運んで解体し、船倉の納屋場まで小舟で運ばれた。

収穫が子鯨のみだったので、なんとも言えない空気に包まれた。鯨は人以上に親子の情愛が濃いといわれていて、子が危機に瀕するとどんなに遠くに離れていても舞い戻って必死で子を救おうと大暴れするという。今度の鯨漁でも勢子船が三隻もひっくり返されて、死人は出なかったものの、何人かのけが人が出ているという。

その夜の祝いの席もなんとなく気が重かった。

「子を殺すのは辛いものだな」

茂兵衛は横に座る真輔に向かって思わず小声で本音を漏らした。

「兄者、仕方なかことです。これが鯨組の宿命で、捕らなければ多くの村人が昔の貧しい生活に戻るだけでなく、この島の将来にもかかわってきます」

「真どんの言わんとすることはよく分かっているよ。だがな、我らはただ生きるがためだけに鯨と向かい合って生活している。鯨を敬いながらもその命を頂いているわけだ。鯨は人知を超えた生き物である。わしは、これから親子鯨は殺さないことにした。人の世でも子殺しは大罪である。子鯨殺しの因果がやがて我らに巡ってくることを恐れている」

真輔も組主としての茂兵衛の立場が痛いほどよく分かった。

「兄者、分かりました。これから山田組は、親子鯨は捕らないことにしましょう。おいの方から羽差衆に良く言い聞かせておきます」

この春に山田組の仕留めた鯨は背美鯨十四頭、長須鯨二頭、座頭鯨一頭の十七頭だった。冬漁と合わせれば都合二十一頭の成果を上げた。鯨組を立ち上げて初めての漁獲としては上々だった。

貞享元年（一六八四）の春、七十三歳となっていた茂兵衛のもとに突如、福江藩家老の田尾九郎右衛門から福江まで出向くよう呼び出しの書状が届いた。取り急ぎ身支度を整え早船で福江の石田陣屋に赴くと、居並ぶ重臣の前で有川浦小河原沖で鯨漁を始めよとの沙汰が下った。

富江分知により、有川浦の海峡問題で有川浦と魚目浦は揉めに揉めていまだ解決の目途すら立っていないなかでの決定であった。本来なら、有川村の庄屋江口甚右衛門に命じるべきことであったが、甚右衛門は境界問題の解決もないままでの話には、これまでの経緯から乗れる話ではなく固く辞退していた。

深沢儀太夫は昨年この有川浦だけで鯨八十本もの実績を上げていた。福江藩は何としてもこの浦から上がる運上金が欲しかったのである。

こうして姉婿である茂兵衛は、甚右衛門に招かれるように、冬漁の始まる十一月には有川浦の小河原の海にやって来た。小河原は有川村の東に位置し、その海岸線の先には頭ヶ島で明らかに鯨捕りの条件としては悪かった。有川浦の前は魚目浦のイルカ網代があり、小河原の海はその魚目半島から南下してきたイルカが通る道だった。イルカも小型の鯨の仲間である。食用となり油も採れた。魚目半島の最南端の奥まった桑木村と赤ノ瀬付近の浅瀬に追い込んで捕るのであるが一度に何百本ものイルカが捕れた。

その小河原の海に深沢組がイルカを求めてやって来た。深沢組は富江藩からイルカ漁について正式に許可を得ていた。深沢組は有川から小河原にかけて網を張り、ここにイルカを追い込もうとしていた。同じように山田組も小河原に鯨網を張った。有川浦の奥まった狭い湾内で、山田組と深沢組の船が互いにせめぎあう形になった。

これでは山田組と深沢組の衝突は火を見るより明らかであった。山田組と深沢組と合わせると千人からの水主を抱えている。

万一、血の気の多い水主どうしが、海の上で衝突したら、大変な騒動に発展する可能性があった。

「おっどんたちはトン様（殿様）から網入れの許可ば貰らっちょっとぞ。邪魔すんな」

と一方が船の上から叫べば、

「何ばいうとか、こっちもトン様から許可ば貰っちょるばい。のぼすんな（ふざけるな）」

と言い返され、あちこちで激しい言い争いが続いた。

双方の代官や役人衆も出張ってきて必死の鎮圧に務めた。万一このような騒動が公儀の耳に達したら、間違いなく小さな藩などはたちまちのうちに取り潰されてしまう。そのことは福江も富江もよく分かっていた。しかし、そんなことはこの魚目浦を請浦した深沢組にとっては関係ないことであった。山田組が魚目浦で鯨組を始めたので、魚道が妨げられるため、富江藩との取り交わした約定の運上金が支払えないと苦情を申し立てたのである。富江藩としても藩財政の基盤である深沢組の運上金が入らない事態に陥り、狼藉を働いたという廉で山田組を長崎奉行所に訴え出ると言い出した。

本家福江藩の面目は丸つぶれであったが、何としても円満に収めようと福江藩家老松尾頼母宅に両藩の重臣を集めて協議した結果は、魚目側の主張を全面的に取り入れた内容の協定書が取り交された。


一．寛文六年（一六六六）に福江藩が立てた赤ノ瀬の木杭は魚目浦と有川浦の海境を示したもので、漁猟の境界を意味するものではない。

二．魚目漁場については、今後は有川側から「相持の浦（入会の海）」と主張しないこと。

三．有川湾はすべての魚目浦の「家職場」だから、魚目浦の漁師が有川浦の前の海で操業しても苦情を言わないこと。

四．魚目側が請浦によって、他領の者に鯨漁をさせていることについて抗議したり、邪魔邪したりしないこと。また、有川側からは鯨組を出したりしてはならない。

この協定書により有川浦の人々はイルカ漁、マグロ漁、シイラ漁、クジラ漁から締め出され、アジやカマスなどの小魚しか漁獲できなくなった。

協定書は、はなはだ有川浦人たちには不満足な結果をもたらしたため、庄屋江口甚右衛門はすぐに村々に廻状を出した。

「魚目の者ばかり召し寄せられ、片口にて（一方だけの言い分）御定書物取替遊ばされ候」

と強く反対の意思を示した。

この協定書によって、庄屋江口甚右衛門と村民に残された唯一の道は、江戸に上って直接幕府の評定に訴え出る方法しか残されていなかった。

## 江戸上《のぼ》り

山田組は有川浦での鯨捕りのため、勇躍して小河原の海に乗り出してきたものの、深沢組との軋轢は深まるばかりであった。肝心の有川浦と魚目浦の海境争いについても福江藩と富江藩の一応の協定書はできたものの、有川庄屋江口甚右衛門を始めとした浦人は全く矛《ほこ》を収める様子はなかった。

有川浦の百姓たちと一緒に舫《もや》っていた山田組は、貞享二年（一六八五）二月には、福江城下に押しかけ、有川浦の主張である「相持ちの浦」につき、藩の見解を質したが、あえなく訴えは拒否された。

それでも有川浦の百姓衆はあきらめることなく、翌年六月には家老奈留杢左衛門宅を甚右衛門が単身で訪れ訴えた。

「ご家老、有川浦を何としても相持ちの浦と定めて、有川村の地組で鯨組を作ることが、ひいては藩の財政を潤すことになるのです」

「そのことについては、先の魚目浦と交わした約定書があるではないか、藩と藩の約束事はそんなに軽いものではないのだ」

「あまりに不合理な定めと思われないのですか。こうなれば村人全員が結束して江戸の評定所に訴えて裁いてもらうしかありません」

あまりの言い分に奈留は甚右衛門を座敷から庭先に引きずり出した。

「そこに直れ。おぬし一人が騒ぎ立てているだけではないか。覚悟はあるか」

甚右衛門は庭先に正座して、覚悟を決めた様子で自らの首を差し出した。

「これ以上事を大きくするとお主を斬らなければならない」

というと、奈留は刀を抜き、甚右衛門の前に差し出した。

いくら家老といえども、村の庄屋を簡単に斬るわけにはいかない。奈留としては、甚右衛門の覚悟と指導者としての度量を見極めたかったのである。

しかし、引くに引かれぬ立場に追い詰められた奈留杢左衛門は、甚右衛門を福江の牢に閉じ込めてしまった。

甚右衛門は牢内で藩庁の判断を仰ぐことの限界を感じていた。ことここに至っては、どんな艱難辛苦《かんなんしんく》に陥ろうと浦人挙げて江戸の幕府評定所に訴えるしか手段はないと決断した。

「天下の評定所で公正な裁きを受けよう。結果がどうであれ、やれることはやってみよう。村人の生活と今後の先行きを江戸の評定所に賭けてみよう」

甚右衛門は閉じ込められた牢内で決意を新たにした。

ちなみに幕府評定所は江戸城外の辰口（千代田区丸の内一丁目四番地）にあり、幕府の重要事項や大名旗本の訴訟、複数の奉行の管轄にまたがる問題などの裁判を行った。

人員は町奉行、寺社奉行、勘定奉行と老中一名で構成されていた。現在でいうところの最高裁判所である。

　奈留杢左衛門は、庄屋甚右衛門や有川浦の百姓衆の度重なる訴えを聞くたびに、その仔細を藩主盛暢に報告した。今は藩主が在国中なので何事も手際よく運ぶが、来春には江戸表に参勤しなければならない。そうなれば、藩主不在の中でどのような騒ぎになるか分からない。

　若い藩主は家老の杢左衛門からの報告を聞くたびに、この有川村庄屋は何かを成し遂げる力量と胆力を持ち合わせていると感じていた。それに甚右衛門の言うように地元の鯨組を作ることは藩の財政に大きく寄与し、貧しい浦人の生活の助けになることも分かってきた。

　奈留杢左衛門も同じ思いを抱くようになっていた。何故、富江藩が他藩の鯨組を誘致してまで魚目浦で請浦させているのか。それはひとえに藩財政に多大に寄与する鯨運上銀のためではないか。これまで何度となく、甚右衛門の訴えを聞いてきたが、そのゆるぎない信念と郷土への強い思いを知るたびに、ここは甚右衛門に賭けてみようと思うようになった。

　家老の奈留杢左衛門は、鯨組のもたらす巨額の運上銀に無関心でいられなくなった。甚右衛門という庄屋の人となりを知るにつけて、これなら大事を成す人物足りうると思って、牢から出して江戸のぼりの許可を与えた。

晴れて江戸にのぼり天下の評定所での評決を得ることになったが、貧しい有川浦の村民ではその費用すら工面できなかった。とりあえず藩庁から銀子七貫目を借りるとともに、宇久島に渡り、山田組の山田茂兵衛からも銀子六貫目(現在の千五百万円程度)を借りた。

「兄様、江戸に行ってくるよ。何年かかろうとこの問題を終わらせない限り有川村の将来はありません」

「そうか、腹を決めたか。西国の小さな藩の百姓が江戸の評定所に訴え出るなんてことは前代未聞のことだ。よく藩の許しが出たものだ。こうなれば大事なことはお前さんの気持ちがぶれないことだ」

「はい、村人を貧困から救うには、やり抜くしか道はありません」

当時の有川村の状況は、身代をつぶし潰《つぶれ》百姓に落ちる者が多く、女子供は奉公に出さなければ暮らしが成り立たない極限まで追い詰められていた。そのため、貴重な山の杉など売れるものは売って江戸のぼりの資金とした。

有川浦と魚目浦の海境争いは、茂兵衛にとっても他人ごとではなかった。現に有川浦で甚右衛門と一緒に舫って鯨漁をやって来た。また、宇久島の隣の島である平戸領の小値賀島とは宇久島の南東約一里沖に位置する黒母瀬の領有権争いが続いていた。小値賀島の小田伝次兵衛重利は笛吹村で捕鯨業を営む傍らで大々的に開墾事業などを行っていて、平戸藩の御用商人も務める大商人である。その小田組と黒母瀬の山見で争いが絶えなかった。黒母瀬の小さな岩礁は鯨の山見として欠くことができない場所にあった。

貞享四年（一六八七）四月十一日、甚右衛門は有川を出立した。同行するのは貞右衛門と与三兵衛それに角左衛門の三人だった。一行は船で大坂まで行き、それからは東海道をひたすら歩いて江戸に向かった。五島から江戸までの距離は陸海路併せて約四百里(千六百キロメートル）の道のりで、江戸郊外にある福江藩の白金の下屋敷に入ったのは五月十一日であった。五島からちょうど一か月の長旅であった。

江戸に着いたものの、白金の下屋敷から辰口の評定所までは距離があったため、翌年の三月八日には町人が多く住む深川の土器町（江東区福住一丁目）の六畳一間の貸家に全員で引越した。

貧しい有川浦の四人の男たちは、村のためたとえ一文の銭でも無駄遣いしないようにとこまめに記録した。

家賃月額　　九匁
豆腐一丁　　一分五厘

味噌一升　　五分
ろうそく二本　六分

評定所には全国から多くの訴えが殺到しており、やっと訴状を提出できたのは十一か月後の翌年三月二十六日のことであった。

訴状で有川浦が第一に訴えたのは、有川浦と魚目浦の海境の確定だった。それには、陸の赤ノ瀬の木杭からままこ瀬の岩礁さらにその先にある案中島を境とするように訴えた。

評定所としては、有川浦の一方的な訴えばかり聞くわけにいかず、いずれ魚目浦を江戸に召還してその主張も聞かなければならない。そのため、甚右衛門一行は評定所の「指《さし》紙《かみ》」と呼ばれる召喚状を携えていったん有川村に帰った。村に帰ってやらなければならないことは、評定所に提出する絵図面の作成であった。有川浦と魚目浦はそれぞれ長崎から絵師を呼んでその作成に当たらせた。

甚右衛門は第二回目の江戸のぼりのため、貞享五年七月二十六日には有川浦を出立した。先の三人の他に六太夫、利之介、又右衛門が新たに加わり甚右衛門を含めると七人の大所帯となった。一方の魚目浦からも庄屋川崎伝左衛門、百姓代忠三郎、桑ノ木村宅太夫、七郎右衛門、九右衛門、榎津村与四兵衛、似首村三郎兵衛、小串村五郎左衛門が同じ日に江戸に向けて出立した。

魚目浦が評定所に返答書を提出したのは九月十四日だった。川崎伝左衛門から語られた魚目浦の主張と有川浦の反論は次の通りであった。

○有川浦は潮の道際《ぎわ》三尺にかけて魚目の猟場である

これに対して、有川浦の庄屋江口甚右衛門は次のように反論した。

○分知以前、有川浦から魚目浦、魚目浦から有川浦と互いに船を出して磯漁を行ってきたではないか。さらに、鯨漁が盛んだった頃は、有川浦は両浦が入り会う海だった

元禄二年二月十二日、ついに評定所の裁許の日を迎えた。この日のために甚右衛門は二度の江戸のぼりを行っていた。実質的な評定の回数は十回にも及んだ。

裁決の骨子は次の通りであった。

——磯漁は地付次第、沖は入会——

つまり、有川浦の磯場は有川村、魚目浦の磯場は魚目村のものとし、沖合は両浦の入会という裁許であった。

磯漁は地付次第、沖は入会の漁業統制ルールは今日でも変わらない日本沿岸漁業の根本原則である。その普遍性ゆえに、今日の漁業法の基本理念として受け継がれてきた。

しかし、当時の魚目浦の人々にとっては、昔から魚目浦は「浜方」で有川浦は「地方」といわれてきたことから、有川浦の海は魚目浦の漁業特権（漁業権）のひとつとの認識が強かったのである。いまさら沖合は有川浦と入り会わなければならないといわれても納得できるものではなかった。この間も深沢組は有川浦で盛んに磯場に出て操業していた。甚右衛門が大村に出向き、江戸での裁許状の内容について説明するも、「有川湾は魚目浦の漁場と聞いている、我らは冨江藩との請浦の内容に従って操業しており、文句があるのであれば魚目浦の代官所に申し出てもらいたい」とのことで相変わらずお互いの主張ばかりで衝突が絶えなかった。

元禄二年八月二十二日、甚右衛門たちは三度目の江戸のぼりを行った。相前後して魚目側も江戸に向けて出立した。再び魚目浦と有川浦は江戸評定所で相まみえることになった。

翌年の三月六日に評定が始まったが、魚目浦の庄屋川崎伝左衛門は裁許破りの廉で入牢となった。
こうした中で改めて裁許が下ったのは元禄三年五月六日のことであった。
向後、いよいよ先の裁許の旨を守り、陸は赤ノ瀬を限り、磯は地付次第、沖は入海の内も入会たるべし。もちろん双方、互いに漁場の妨げを致すべからず。再犯においては厳科に処すべし。右、魚目浦百姓に申し渡す条、有川村の者も永く是を守るべきなり。

こうして前後三回に及んだ江戸評定所での海峡論争は終わった。

一番のぼり　貞享四年四月十一日〜貞享五年六月十一日
二番のぼり　貞享五年七月二十六日〜元禄二年三月十七日
三番のぼり　元禄二年八月二十二日〜元禄三年六月二十三日

ここに富江藩と福江藩の領地分から数えると実に二十九年目にして有川・魚目の海境論争は決着した。

# 茂兵衛の死

元禄三年五月六日、江戸評定所での確定裁許によって、有川浦と魚目浦の長い海境争いにも決着がつき、山田組も本格的に網捕り法を導入し組織の充実を図った。

海境争いが解決した後は、有川村の江口甚右衛門と有川浦で一緒に鯨捕りを舫《もや》った。勿論、有川組がいまだ発足していない段階での指導役であった。その有川組は翌年の元禄四年十月に発足した。

村々の面々、皆、組主と存じ、わがまま申すまじき事

有川組発足の定書《さだめがき》の冒頭には、有川村の百姓は一人一人がそれぞれに組主（代表）であるとし、有川組が地元の「地組（地元企業）」であることを明文化した。

明暦元年（一六五五）、五島民部盛清が富江の地に三千石の分知を許されてから数えると実質三十五年に及ぶ海境争いだった。有川浦の村人は三度にわたる江戸上りの費用を賄うため、村民は財産という財産は使い果たし、餓死者も出る有様だった。子供を売ったり、

奉公に出したりしてのギリギリの生活で、家財道具から衣類まで売りつくし、挙句は村から逃散する者までいる有様だった。

一方の魚目浦でも状況は似たり寄ったりで、延宝八年（一六八〇）には大規模な飢饉に襲われている。当時の魚目浦は北から小串・立串・似首・桑木・浦・堀切の七か村で人口は合わせて八百人程度だった。

『領内飢饉甚だし。富江領魚目最も惨状を極む。富江藩主五島盛朗蔵元より救い米を送りたるもなお八十二人の餓死あり（五島近古年代記）』

延宝八年は、深沢儀太夫の鯨組が有川浦村民の大反対により操業中止になった翌年のことである。深沢儀太夫という金弦を絶たれた上に魚目浦は深刻な疫病に襲われた。当時の魚目村村民の十人に一人が餓死するという惨状だった。いったん疱瘡に罹患すると、まともな医療機関ひとつない寒村ではひたすら神仏に頼らざるを得ない厳しい現実だった。病人が出ると人里離れた場所に隔離して疫病の退散を待つしかなかった。隔離場所は榎津村の沖に浮かぶ小さな竹の子島だった。

漁業が主な生業であった魚目は、耕地が少なく農業そのものも幼稚であったため、いったん飢饉に襲われると常に大きな被害に襲われた。享保十八年（一七三三）にも一年で百二十三人の死者を出している。

僅かに三千石という藩そのものの経済基盤が小さく、物流の流通も離島ゆえに十分でなく、ひとたび飢饉にあうと他藩からの支援や食料の購入も難しい面があった。

今日では「五島芋」と言われるぐらい甘藷の生産が盛んであるが、五島で甘藷の生産が盛んになり一般に普及したのは幕末になってからである。この生産性に優れたサツマイモの出現により、やっと五島の百姓は飢饉の心配から解放されたのである。

こうしたぎりぎりの生活を一変させたのが鯨組だった。

有川浦の初漁の総売り上げは、総額二百十八貫目であったが、当然のように大幅な赤字だった。足りない費用の一部は茂兵衛の長男山田茂右衛門や肥前佐賀の商人から借りている。

山田組も創業者の茂兵衛が数えて八十になり、さすがに鯨組の大旦那としての仕事は無理で、息子の茂兵次に組主の地位は譲っていた。

茂兵衛には二人の子供がいた。長男の茂右衛門と次男の茂兵次である。長男の茂右衛門は茂兵衛の長年の藩に対する功績により五島藩士に新規に取り立てられ、禄高二十石を支給される士分である。

延宝六年の創業からすでに十二年が経過した。鯨組としては毎年三十頭前後の漁獲があり、経営も安定し藩に対する運上金も膨大なものになっていた。

その運上金であるが、藩の認可の下、藩の領海内で鯨を捕っている代償として藩庫に納めなければならない税金である。

運上金は鯨の種類ごとに決められていた。

背美鯨　　　　　　銀一貫五百目
座頭・長須　　　　銀一貫目
子鯨　種類を問わず　銀五百目

山田組の藩庫への運上金はその年の漁獲数にもよるがおおよそ平均して銀三十貫目前後を毎年収めていた。肝心の売上高でみてみると銀二百五十貫から三百貫目で推移していた。売り上げの多い順で鯨油樽・尾羽毛、赤身、前粕などの塩漬け鯨肉・筋・髭だった。

平の港には、西日本各地から多くの廻船が停泊し、油樽や鯨肉の樽、さらには鯨の骨の肥料などが積み込まれ搬送された。各地から出稼ぎの職人や水主が多数集まり、それらの人の貸家や旅宿が建ち並んで、未だかつてない賑わいになった。地元の百姓衆も冬から春にかけての稼ぎの少ない季節を鯨納屋で働くことで、現金収入を得ることができるようになった。何よりも、納屋場で働けば白い米の飯が朝夕食べられることはこれまで経験したことがない豊さを実感した。

おのずと、小さいながら村々には商業経済の流通網が出来て、貨幣経済が農漁村の隅々まで浸透していった。半面、貧富の格差が広がり、階層の細分化が進んだ。呉服屋・古着屋・金物屋・鍛冶屋・米屋・菓子屋・豆腐屋・桶屋・下駄屋など数多くの小間物屋が瞬く間に建ち並んだ。

元禄時代に入ると九州の西海の海には、多くの鯨組が乱立し激しい競争の時代となった。特に五島列島沿岸は鯨の通り道で、鯨捕りの一大拠点となった。

宇久島の山田組、小値賀島の小田組、中通島の魚目組、有川組、地元以外からも呼子浦の中尾組、生月島の益富組、大村の深沢組など多くの鯨組が五島近海で操業していた。

鯨組の生み出す富は膨大で、生月島の益富組は、寛保二年（一七四二）から弘化六年（一八四四）までの百四年間に合計二万千二百頭を捕獲し、その売り上げは三百十八万両に及んでいる。平戸藩への運上金は延七十七万両にものぼり、藩の主要な財源なっていた。大村藩の深沢組の組主にしても上方の長者番付の上位に名を連ねる常連だった。

宇久島の鯨網代としては、生月、平戸、宇久島間と六島、野崎島の東側や中通島の突端である津和崎から志々岐灘に至る平島、江ノ島、松島沖周辺の内海だった。

茂兵衛は八十を超えて日々体力の衰えを意識するようになった。鯨組としての山田組は藩庫への運上も滞りなく、二代目の茂兵次も有川浦の江口甚右衛門と一緒に操業することで一定の頭数を水揚げしていた。山田組は五島藩の御用商人として登用され、平村に屋敷まで拝領される身分となった。いまや茂兵衛にとっての楽しみは真輔と二人で酒を酌み交わし、若き日の思い出を語り合うことが何よりも至福の時だった。

「真どん、年取ると夢見ることとは若い時分のことばかりだ。何故か、薩摩の木下郷で上様に仕えたお館暮らしや伊集院での暮らしが無性に思い出されるよ」

「兄者、おいも同じです。その頃のおいは小童でしたが、徳重神社から鹿児島城下まで夜を徹して必死で歩いた妙円寺詣りがいつも頭をよぎります」

「そうよの。薩摩の国は殊の外稚児《ちご》には厳しい土地柄だったよな」

「よく伊集院の城山に登りましたな。おいたちの先祖が眠る一宇治《いちうじ》城跡の曲輪を見るたびに子供なりに感じるものがありました。本丸跡からは、東を見れば錦江湾に浮かぶ桜島が見渡され、西を見れば延々と続く吹上の浜が霞みのように見えましたね」

「懐かしいものよの」

二人は無性に薩摩での若き日々が恋しくなっていた。

「上様は村の衆から谷山の『よろくさ殿』などと呼ばれ、無銭飲食の酔っ払いで何かと悪評が先に立つお人でしたが、我らが仕えたお館では決してそうした態度は見せなかった。大兵肥満の質で、身の丈も六尺余りあり目立つお人でしたが、あまり多くを語らない物静かなお人でした。天気の良い日にはよく畑に出て鍬を握られた。かつての天下人がひたすら大地に向かって鍬を振るわれた。わしも上様とご一緒に麦や大根を植えたものだ」

茂兵衛は在りし日の秀頼公を偲んでいた。

「今になって思えば、大坂の夏の陣から程なくの頃で、幕府隠密の探索を恐れて世を欺く仮のお姿だったのと島津侯への遠慮や配慮もあったのだろう」

豊臣政権の五大老の一人で備前岡山五十七万石の領主であった宇喜田秀家が、関ケ原の戦いで西軍に属し敗北したことから、秀家は密かに薩摩に逃れている。幕府の探索は厳しく、いよいよ隠しきれなくなった島津忠恒（後の家久）は、慶長七年八月に家康に助命嘆願したが許されず、秀家は八丈島に流された。秀家は死ぬまで赦免されず、八丈島で五十年にも及ぶ長い流人生活を送り八十四歳で没した。

「ところで、兄者はどのようなお気持ちで上様にお仕えしとったのですか」

「わしは叔父の半兵衛に申し付けられて、子供の頃から谷山の庄屋屋敷に上がり、訳も分からないままに上様の身の回りのお世話をしていたよ」

「何時頃から上様のご身分をお知りになったのですか」

「木下郷で話される上方言葉はあまりに薩摩言葉とは違うから、何時しか自然に噂にされるようになった。わしは叔父の半兵衛から御屋形に上がるときには聞かされていたよ」

茂兵衛は秀頼に仕えた頃のいきさつを話した。

「島津公に大層遠慮されていたことは常日頃から感じていた。世の中が平穏になり、次第に幕府のご威光が増すにつれて、何故か湯水のごとく酒を浴びる日々を送られるようになった。二十年余にも及ぶ薩摩での不自由で人目を避けた暮らしは、かつての天下人の暮らしからすると想像を絶する苦難の道だっただろう。再起を期して薩摩に逃れてきたものの、年数を経るにしたがって、ますます幕府の権勢は増していき、もはや抗《あらが》うことができないと悟った上様は、この世での役割が終わったことを悟り、自ら御命を絶ってしまわれた。そのご無念の思いは如何ばかりだっただろうか」

「その時、伊集院半兵衛様も追腹されたのですね」

「そうだ。大坂から密かに随行してきた家臣の多くも上様の後を追われたのだ。残された我々のような陪臣に近い者どもは、島津様に迷惑が及ぶことを恐れて、遠い縁者を頼って薩摩を離れたことはお前も知っている通りだ」

「こちらで商売を始めて、いろんな経験をさせて貰いましたが、本当に人が生きていくということは大変なことですね」

「真輔どん。人は生まれて何事かをなし、そして死んでいくものだ。だが、その人のしたことと、しようとした思いは残るものだ。目に見えることだけで、人の善悪の判断をしてはならんのだ」

茂兵衛は人の幸不幸はたやすく判断できるものではないと言った。大切なのは現実に自分の目で観て、感じてそして掴むことだと繰り返し言った。それは茂兵衛の長い人生の中から裏打ちされた生き様そのものだった。

元禄六年七月、連日焼けるような日照りが続いていた。八十三歳を迎えた茂兵衛には殊のほか堪《こた》えた。その日も夕涼みを兼ねていつものように平の浜に出た。小さな渡瀬川が平港の砂浜に吸い込まれるように流れる傍の縁台に座り、遠くに霞む野崎島の高峰を眺めていた。すでに薩摩を出て五十七年の歳月が流れていた。過ぎ去った日々が走馬灯のように浮かんでは消えた。やがて陽も傾き、前小島の方から生温い潮風が吹いてきた。周りが次第に暗くなってきたので、帰ろうと立ち上がった時であった。クラクラとめまいを興してその場に倒れた。そのまま倒れているところを、通りがかりの村人から見つけられ屋敷に運び込まれた。薄れ行く意識の中で、ただ「ウーン」「ウーン」とうなされていた。

「兄者、分かりますか。真輔です」

真輔が枕元で何度も呼びかけても、茂兵衛からは何の反応もなかった。

茂兵衛の意識は朦朧としたままさ迷っていた。

遠くから海鳴りが聞こえてくる。

若い衆の威勢のいい祝い唄と羽指踊りの太鼓の音が聞こえる。

「祝う目出度の若松様よ～　ドン・ドン・ドドーン」

嗚呼、平の浜は多くの人で大賑わいだ。

混沌した意識の中で遠くから秀頼の呼ぶ声がした。

「茂兵衛、早駆けだ。馬を引け」

谷山村の前は波静かな錦江湾である。遠く霞がかった北東の対岸を見れば桜島の噴煙が雄々しく沸き立っているのが見える。白い砂浜が南北に走り、秀頼はこの砂浜を愛馬で駆けるのが何よりも楽しみだった。

厩から愛馬を引き出し、秀頼が飛び乗ると、茂兵衛はそのあとを必死で追いかけた。

「上様～」と叫びながら必死で馬のあとを追って走った。

追っても、追っても秀頼の姿はますます遠ざかるばかりだった。秀頼は振り向きざまにひと言叫んだ。

「茂兵衛よ。一期《いちご》は夢ぞ、好きに生きよ」

やがて、愛馬に乗った秀頼の姿は、そのまま地上から離れて天に昇っていった。

「上様～」

「上様～」

茂兵衛が何度叫んでも秀頼の姿はどこにもなかった。

眠るような大往生だった。

「嗚呼、兄者は上様のところに帰られてしまった」

真輔は、茂兵衛の安らかで眠ったような死に顔を見ながら、愛用の脇差をそっと枕元に置いた。

「今頃は上様と差し向かいで薩摩での在りし日の日々を語りあっていることだろう。兄者は上様亡きあとは、五島の宇久島という小さな島で一介の商人としての人生を貫かれた。しかし、その生きざまは薩摩武士としての矜持を終生忘れなかった。余り多くを語らない人だったが凛とした姿と、何事にも動じない固い信念に満ちていた。西海の海を切り拓いた海の士《さむらい》だった」

享年八十三歳。

戒名　田伸院心誉浄安居士

何故か、厳しい身分制度のなか、町人身分でありながら、異例の院号居士が贈られている。肝心の墓石は一族が眠る松原墓地にはない。

地元宇久島には、茂兵衛の長男で五島藩士として召出された山田茂右衛門が書き残した茂兵衛の一代記が残されている。それによると茂兵衛は薩摩の国伊集院の生まれで、密かに薩摩に逃れてきた豊臣秀頼の小姓として仕えたと記されている。民俗学者である宮本常一はその著書「日本の村・海を開いた人々」の中で、山田家の古文書を調べていたところ、秀頼が生きて薩摩に密かに下向して豊臣再興の機会を窺っていたことを知り驚いている。

## 紋九郎鯨

元禄六年に茂兵衛が亡くなると、山田組の経営に徐々に衰退の影が見え始めた。それまで一緒に有川浦で舫《もや》ってきた有川組とも茂兵衛が死んでからは一緒に網を入れることも少なくなった。一方の有川組は地元の地組として飛躍の時期を迎えていた。有川浦六か村あわせて百五十軒ほどしかなかった寒村が鯨組の出現によってあっという間に近在にない殷《いん》賑《しん》な町に生まれ変わったのである。元禄六・七年(冬漁・春魚)七十本、同七・八年五十七本、同八・九年八十二本というように好成績が続き、有川浦の村々は大いに潤った。かつて、貧困と飢饉にさらされていた日常は、もはや過去の出来事になった。村には多くの出稼ぎ者で溢れ、浜通りには幾多の旅籠屋や貸家が建ち、日用品や雑貨を扱う店が軒を並べた。

行商人が行き交い、港には他国の弁財船が幾隻も碇をおろしていた。

一杯飲み屋の屋台では、夜遅くまで様々な地方の方言が飛び交った。

こうした有川村の繁栄の基はひとえに庄屋江口甚右衛門の才覚と力量に負うところが大きかったのであるが、義兄である山田茂兵衛の江戸での十八年間に及ぶ藩邸勤めと五島最初の鯨組設立という経験も大きかった。資材の仕入れから羽差や水主の手配まで茂兵衛の指示をあおぐことで順調な立ち上げが出来た。また、藩との交渉においても山田茂兵衛の十八年に及ぶ江戸藩邸での人脈と経験が大きかった。こうして有川村は、甚右衛門の登場以来、繁栄に次ぐ繁栄を謳歌することになった。

しかし、空前の繁栄はやがて破綻へと進むことになる。享保に入ると鯨の漁獲が減ってきたのと並行して藩の財政が悪化して次から次へと御用銀の要請があいついだこともあって経営が悪化していった。享保十六年(一七三一)、有川組はついに破綻した。元禄四年から数えて三十八年目にして終わりを迎えた。ちなみに元禄六年から享保十三年までの三十五年間の捕獲頭数と売り上げは次の通りだった。

総捕獲頭数　千七百四十三頭
年平均捕獲数　四十九・八頭
総売上高　一万四千百八十五貫目
年平均売上高　四百五貫目

一方の山田組も二代目茂兵次の代まではそれなりの捕獲数を上げ経営も安定していたが、三代目紋九郎（兄、茂右衛門の子を養子）が跡目を継いだ宝永の始め頃あたりから次第に不漁が続くようになった。

この三代目紋九郎は正徳四年（一七一四）二月十七日に若くして亡くなったため、四代目は父と同じ名前の紋九郎が継いでいる。

ところが四代目を継いだ山田紋九郎の代になると、正徳四年、五年と不漁が続いた。とうとう正徳五年の冬漁の時期になっても一頭の鯨も現れなかった。

村の水主たちはしびれを切らしていた。鯨が来なければ稼ぎがないのである。宇久島全体が火の消えたような寂しさになった。

誰よりも一番焦っていたのは組主の紋九郎であった。

正徳六年の正月を過ぎて、春魚のシーズン前になっても一頭の鯨も現れなかった。

一月二十一の夜のことであった。紋九郎は親子の鯨が北の方からゆっくりと南の方に向けて泳いでいく不思議な夢を見た。

「旦那様。私はこれから子供を連れて福江島の大宝寺にお参りに行きます。子供を連れているのでどうか今回だけは見逃してください」

親鯨は紋九郎の枕元で切々と訴えた。

大宝寺は大宝元年（七〇一）に唐の僧侶で三輪宗の開祖道融の創建と言われる古刹である。大同元年（八〇六）、遣唐使に随行して唐に留学していた空海が大宝の浜に漂着し、ここ大宝寺で真言密教を布教したことから「西の高野山」とも言われている。

紋九郎は目が覚めてからも不思議なことがあるものだと考えていた。

「なるほど、今日一月二十一日は、弘法太子様のご縁日である。鯨でさえ、弘法様のご縁日を心得ている。本当に親子鯨が通ったら今回だけは見逃すよう、みんなに言い聞かせよう」

一月二十一日は、弘法大師の縁日である。新年最初の縁日ということで、「初大師」「初弘法」と呼ばれていた。五島は空海が最初に真言密教を説いたことから、弘法太子信仰が殊の外強い土地柄であった。

昨夜のことが気になって仕方なかった紋九郎は、夜が明けると鯨組の主だった者たちを集めた。

「みんな聞いてくれ。わしは昨晩まことに不思議な夢を見た」

紋九郎は枕元に立った親子鯨の話を集まってきた羽差や水主衆に聞かせようと話し始めた。

「みんな、今か今かと鯨を待ち望んでいるだろうが、もし、子鯨連れの親子鯨が通ったら頼むから今回だけは捕らないで見逃してほしい」

集まった羽差たちは「何だ、夢の話かよ」「この不景気に何をたわけたことを」と言って生返事するばかりだった。

ところが、その日の昼過ぎに山見が鯨を見つけたとの合図の旗が上がった。

皆、総立ちになった。待ちに待った鯨が来た。

堀川にある山見の若者は、北から南に向かっている親子鯨だと大声で叫んで村中を触れ回っている。

それにしても今の時期は上りクジラであるはずなのに、南に向かう鯨であることに気が付く者は誰もいなかった。

誰も組主の夢話が正夢になったなどと思う者はいなかった。

山見から半鐘が打ち鳴らされ法螺貝が激しく吹かれて、否が応でも緊張感が高まった。半纏ひとつを引掛けて、水主たちが家から飛び出してくる。平村の浜辺は一瞬にして大混乱になった。

「さあ、やるぞ」

「邪魔だ、どけどけ」

「獲物は白長須親子たい。取り逃がしてなるものか」

組主の紋九郎から今朝言われたことなど、すでに頭の片隅にもなかった。

水主たちはしばらくの間鯨を捕っていなかったので、鯨が来たとの報を聞いて我を忘れてしまった。寒気が殊の外厳しく強い風が吹き、沖には白波も立っていたがそんなことにはお構いなしに、それぞれ乗り込む船めがけて駆けこんできた。

何人もの水主たちが一斉に家から飛び出して一目散に平の浜を目指して走った。

勢子船に羽差が飛び乗ると、我先にと沖を目指して一斉に櫓を漕ぎだした。続いて、双海船や持双船も続いた。

親子鯨はゆっくりとした泳ぎで沖へ沖へと向かっていた。十五間近くもある大物であった。

網を積み込んでいる双海船は全力で櫓を漕いで白長須鯨の鼻先に回った。

双海船に乗る御戸《みと》親父の右手の麾《さい》が振られると、続けざまに網をひと張り、ふた張り、三張りと鯨の鼻先めがけて投げ入れた。銛を手にした羽差が乗る勢子船からは「ホウホウ」という声がこだまし、友押は「狩棒」で激しく船縁を叩いている。

「逃すなよ」

一番船の親父の持つ麾《さい》が盛んにふられていた。

網をまともにかぶってしまった鯨の泳ぐ速度が少しずつ落ちていく。並行する勢子船からは羽差が銛を次々に投げ込んでいく。たまらず鯨は潜水しようと潜るが、網を何枚も引きずっているからすぐに浮上してきた。

「捕り逃がすな」

一番羽差からの声が波間からきこえてくる。

皆、夢中で我を忘れて鯨と格闘していた。

いつの間にか風向きが変わり一段と強い北西の風が吹き始めてきた。

空はどんよりとした鉛色の厚い雲に覆われ、あたりは夕暮れのように暗くなっていた。

波はしだいに高さを増し、海全体が異様な盛り上がりをみせていた。

その間も白長須鯨親子と鯨組との死闘は続いていた。

そのうち、冷たい冬のみぞれ交じりの雨が海面に叩きつけるように激しく降り出した。視界が遮られ、宇久、小値賀、平戸などの島影さえ見えなくなった。西の空を見上げると、厚い真っ黒な雲に閉ざされ一段と暗くなってきた。北西の風が「ヒューウ」「ヒューウ」と大きな音を立ててうなりをあげていた。海面を見れば小山のように盛り上がった巨大な波が白い泡立ちを見せながら続々と押し寄せていた。

このあたりの特有の「西風落し《にしおとし》」の嵐に巻き込まれようとしていた。

鯨は何本もの銛を受けて針坊主のようになりながらも、自ら網を破って逃げてしまった。もはや鯨を追いかける段階ではなかった。

「嵐が来るぞ〜」

「船を引き返せ〜」

波間のかなたから悲痛な叫び声が聞こえていた。

漁場を仕切る沖合からの声もかすかに聞こえていた。

「船を返せ〜」

「引き返せ〜」

船団はバラバラになって、必死に嵐を避けようと櫓を漕ぎだした。

六島から野崎島の沖合は、潮の流れが複雑で通常でも漁師泣かせの海域であった。

「エイヤ、エイヤ」

水主たちが必死で櫓を漕ぐ掛け声だけが大荒れの海上に響いていた。

冷たい大量の雨と大波がたちまちのうちに舳先から流れ込んできた。

これまで経験したこともないような大時化《しけ》に襲われた。

大きな波が押し寄せるたびに櫓や舵が流されていった。勢子船は、舳先を天に突き立てるように波の上にのし上がると、次の瞬間には真っ逆さまに海中に吸い込まれて波の中に消えていく。水主たちの頭上を氷のように冷たい海水が川のように流れていった。船の中は水浸しになり水船同然となった。水主たちの髷はほどけて、全身ずぶ濡れであった。気温は下がり、凍えるような寒さである。体中がかじかみジッとしていると気を失いそうな寒さである。やがてこちらで一隻、あちらでまた一隻と転覆していくのが見えた。あまりに波が高いので、さすがに泳ぎの達者な水主たちも次々に波に飲み込まれていった。

「助けてくれ〜」

あちこちから救助を求める水主たちの悲痛な叫び声が薄闇の中から聞こえてくるが、すぐに波の音にかき消されて聞こえなくなった。

真冬の海にひとたび落ちてしまうと、どんな屈強な男でも四半時（三十分）で体温を奪われ気を失ってしまう。夜になっても大嵐は収まる気配はなかった空は雲に閉ざされ、星の光はなく真っ暗闇で、「ゴォー」という地鳴りのような波の不気味な音と激しく海面を叩く雨の音しか聞こえてこなくなった。海面を見渡せば小山のように盛り上がった巨大な波が白い泡立ちを見せながら続々と押し寄せてきている。そのうちに稲妻が海面を走り、雷鳴が響き渡った。稲光の明かりに照らされた海面には破船した舟板や網が浮かんでいた。陸地を探して遠くを見渡してもどこにもかがり火ひとつ見えなかった。

島では夜になっても船団が帰ってこないので大騒ぎになっていた。

「父ちゃんがまだ帰らんばい」

「うちの子が帰ってこん」

平の港には多くの留守家族が押し掛け、激しい風雨の中、不安そうに一晩中立ちすくんで真っ暗な沖合を見つめていた。

そのうち荒れ狂う荒海の中を潜り抜け、島の浦々に何隻かの船が辿り着いたとの報告がもたらされた。

半死半生で島に帰り着いた者の報告から、大変な海難事故が発生したことが知らされた。

夜が明けると昨夜の嵐が嘘のような晴天になった。組主の紋九郎の家の庭先には、何百人もの家族や身寄りの人が続々と集まっていた。

「昨夜は何隻戻ったのか」

「他の船はまだ帰らんのか」

「一体どうなっているんだ」

不安に駆られた留守家族の中から、口々に鯨組の関係者に詰め寄る姿が見られたが、誰もまともに答えられる者はなかった。

組主の紋九郎は昨夜の嵐の状態から相当な海難事故があったことは間違いないと、夜明けと同時に手分けしてあちこちの入り江や島々に救助の船を出した。

やがて、数人の生存者があちこちの入り江に流れ着き生存していることが分かった。

その結果、被害は甚大で行方不明者や陸に打ち上げられた死体の数を合わせると七十二人に上った。

山田組始まって以来の大惨事であった。

紋九郎の家には毎日のように被害家族が押しかけてきた。

「これからどがんして暮らしていけばよかとか」

「ほかに助かった者《もん》はおらんのか」

といった先々の不安やかすかな望みを組主に泣きながら訴えた。

山田組として、万が一の鯨捕りの事故で亡くなった場合は、残された者の食い扶持の補償はその都度してきたが、それもこれまでは二三年に一人や二人といった少人数であった。今回のように一挙に七十二人という未曽有の大事故は想像すらできない事態だった。

紋九郎の口から出てくる言葉はいつも一緒だった。

「わしに出来ることはさせて貰います」

五島で最初の鯨組として、それなりの財産をつくり、多くの雇人も使ってきたが、藩に収める運上金や度々申し付けられる御用銀、さらには羽差など水主への賃金、船や網などの調達などを合わせると、そんなに利の出る商売ではなかった。

鯨捕りは自然相手の商売なので、好漁の時と不漁の時の差が大きかった。

「初代の茂兵衛は子鯨は殺すなと遺言を残した。わしが初代の遺言さえ厳しく守っておればこのような憂き目にあわずにすんだのだ」

七十二人の遭難者には、備後や筑前方面からの出稼ぎの水主も多く含まれていた。それらの者への見舞金の支払いなども山田組としての責任があった。地元の宇久島でも多くの村人が水主として働いていた。一家の働き手を失った家族のやるせない悲しみはどうしても組主の紋九郎に向けられた。

紋九郎は精神的に追い詰められていった。

余りに大きな海難事故だった。熟練の羽差や多くの水主を一挙に失ってしまったことから、山田組の事業存続そのものが困難となってしまった。

「こうなってしまった以上は、今ある財産をすべからず遺族に分け与え、山田組はきれいに解散しよう」
組主としての紋九郎のやるべきことは被害家族への出来るだけの補償と死んだ水主たちへの供養だった。
紋九郎は平村の妙蓮寺の境内と松原墓地に七十二人の供養碑を建てた。

為七十二人の菩提

正徳六丙申　天正月二十二日
山田組羽差中

不思議なことに四代目山田紋九郎の墓は今日でもどこにあるのかさえ分かっていない。余りの惨劇に遭遇した紋九郎は、静かに自らの墓標も作らずに死んでいったのではないだろうか。

終わり

# 参考文献

『宇久町郷土誌』宇久町郷土誌編纂委員会（昭和堂印刷）
『富江町郷土誌』富江町教育委員会（昭和堂印刷）
『富江町郷土誌資料編』
『新魚目町郷土誌』西村次彦
『小値賀町郷土誌』小値賀町教育委員会（昭和堂印刷）
『海と生きた島人』辻唯之（松文社印刷所）
『五島のクジラとり物語』辻唯之（長崎新聞社）
『拓かれた五島史』尾崎朝二（長崎新聞社）
『私の日本地図　五島列島』宮本常一（同智館）
『日本の村・海を開いた人々』宮本常一（ちくま文庫）
『東シナ海と西海文化』網野善彦（小学館）
『倭寇』田中健夫（教育社）
『海から見た信州』田橋弘行（信毎書籍出版センター）

『西海のうねり』伊坊榮一（郁朋社）
『巨鯨の海』伊東潤（光文社）
『鯨分限』伊藤潤（光文社）
『大坂の陣と豊臣秀頼』歴史読本編集部（新人物文庫）
『秀頼脱出』前川和彦（国書刊行会）
『島原の乱』神田千里（講談社学術文庫）
『秘録　島原の乱』加藤廣（新潮社）
『さつま人国誌』桐野作人（南日本新聞社）

**【著者紹介】**

竹山　和昭（たけやま　かずあき）

1953年長崎県生まれ。
大学を卒業後、日本製鉄関連会社入社。
定年前に早期退職し、東京で会社経営する。
現在は、茨城県内で障害者や児童向けの特定相談支援事業所を運営し、障害者福祉と自然農法に取り組んでいる。

著書　『八幡船』（昭文社）・『二人の流人』（風詠社）
　　　『勘次ヶ城物語』（風詠社）・『パライソの島』（風詠社）
　　　『富江騒動始末記』（郁朋社）

海《うみ》を拓《ひら》いた人《ひと》　——山田《やまだ》茂兵衛《もへい》伝《でん》——


2024年7月29日　第1刷発行

著　者 — 竹山《たけやま》 和昭《かずあき》

発行者 — 佐藤　聡

発行所 — 株式会社 郁朋社《いくほうしや》

〒101-0061　東京都千代田区神田三崎町2-20-4
電　話　03（3234）8923（代表）
ＦＡＸ　03（3234）3948
振　替　00160-5-100328

印刷・製本 — 日本ハイコム株式会社





ISBN978-4-87302-822-4 C0093